血腫　「出向」刑事・栗秋正史

田村和大

宝島社
文庫

宝島社

血腫　「出向」刑事・栗秋正史

1

ストレッチャーを押す救命士に続いて、妻が病院内へ駆け込む。堀尾《ほりお》雄次《ゆうじ》も後に続こうとしたが、待ち構えていた看護師に腕を取られた。看護師に問われるがまま、陽《はる》真《ま》の異常に気付いたときの様子を説明する。

うたた寝していて目が覚めたら、手足をだらりとさせて瞼《まぶた》がぴくぴくと動いてたんです。すぐに一一九番しました。いいえ救急車が来るまで動かしてません。自宅のリビングの電動スィングに乗せていたんです。家には私以外だれもいませんでした。妻ですか？　同じマンションの友人の家に行ってました。かかりつけ医はこちらの別喜《べっき》先生です。ええ産婦人科医であることは知ってますよ、陽真を取り上げてくれたんですから。そのまま乳児の間は診てもらうことになったんです。そうです妻の真希《まき》は増《ます》田《だ》理事長の姪です。

雄次の口調に苛立たしさが滲み出す。早く陽真の元に行きたいと気が急いてどうしてもぞんざいな口調になってしまう。一方の看護師は、雄次からできるだけ詳しく情報を得ようと辛抱強く言葉を重ねた。

陽真には真希が付き添っている。雄次は自らに言い聞かせた。真希が雄次からの電話で自宅に戻ったのは、マンションに救急車が到着したのとほぼ同時だった。陽真を搬送する救命士に続いて二人は救急車に乗り込んだものの搬送先が見つからず、堪《たま》りかねた真希が増田病院に搬送するよう救命士に願い出た。救命士は救急車から病院に電話をかけ、「理事長の姪」のひと言で受け容れが決まってからは早かった。

なおも看護師への説明に雄次が言葉を費やしていると、白衣を着た男が院内から現れた。中背で小肥り、薄い唇と小さな丸鼻の上で、やたらに大きな目がぎょろついている。男に気付いた雄次が「別喜先生！」と呼びかけると、別喜は真っ直ぐに雄次に歩み寄ってきた。

「雄次さん、同意書にサインを下さい。手術を行ないます」

別喜の言葉に雄次は声を失う。生後二ヶ月の陽真が手術？　脚の力が抜け崩れ落ちそうになるのを雄次は必死に耐えた。

「今、理事長が脳外科医を喚《よ》んでます。近くに住んでる知り合いだそうで、すぐに来ます。手術には理事長とうちの小児科医も入ります」

別喜が捲《まく》し立てるように喋り、それで別喜がひどく興奮していることに雄次は気付いた。別喜はもともと早口で滑舌も悪く、不妊治療を受けたときも雄次は聞き取りに苦労したものだ。それがいっそう早く、いっそう籠《こ》もった音になっているために、もはや一つひとつの単語を聞き取ることは不可能だったが、不思議なものでそれでも別喜の言わんとすることを雄次は理解できた。

別喜の興奮が感染して抑えていた動揺が噴き出し、雄次は錯乱した。

「どげんなっとっとですか、先生！」別喜の右腕を両手で摑み、激しく揺する。

雄次から聴き取りをしていた看護師が呆れたように別喜を見た。落ち着かせるべき患者の親族を興奮させてどうすると思ったのだろう。看護師は優しく静かな声で雄次に語りかけると、別喜を揺する雄次の腕を取り、院内へと誘導した。

増田病院は、産婦人科と小児科を併せ持つ、築紫《ちくし》市にある病床数百十床の中規模病院だ。産婦人科と小児科で病棟が分かれ、産婦人科棟は四階建てとさして大きくはないものの、尖塔を有する小城を模した外観、薄いベージュと淡いピンクを基調とした内装、待合室には天使の石膏像が飾られ、童話的な雰囲気に溢れている。真希に連れられ初めて病院に足を踏み入れたとき、雄次はそのメルヘンな空気にひどく戸惑ったものだ。

一方、二階の渡り廊下で産婦人科棟と繋《つな》がる小児科棟は、病院を経営する医療法人の事務局も入る、鉄筋コンクリート六階建ての実務機能が重視された造りで、手術室や集中治療室、隔離室、緊急処置室を備え、隔離室に繋がる感染症患者用入口や緊急処置室に通じる救急搬入口がある。

　看護師に導かれ救急搬入口から院内に入った雄次は、手術同意書へのサインを済ませ、真希とともに手術室の外の廊下で手術が終わるのを待った。真希は廊下のベンチに浅く腰掛け、背筋を伸ばし眼を閉じており、雄次は腰を下ろさず真希の隣に立っている。

　二人とも口をきかなかった。口を開けば罵り合いになるだろう。真希のいない陽真と二人きりの時間に、酒を飲んで居眠りをしてしまったことに雄次は自責の念を感じていた。おそらく真希も、三時間間隔の授乳の合間を縫って友人宅に遊びに行ったことに同じ思いを抱えている。互いの自責の念が捌け口を求め、夫婦という半身に対する非難に形を変えて溢《あふ》れ出しそうであった。だから二人ともひたすらに固く歯を食いしばり、焦燥と後悔に身を焼かれながら沈黙を守っている。

「終わったぞ」無限にも思えた一時間が過ぎるころ、手術室から理事長の増田隆《たかし》がマスクを外しながら出てきて言った。真希が立ち上がる。

　若竹色の手術衣の上に水色のサージカルガウンを纏った増田は、鶴のような痩躯だ。

こけた頬に鋭い目、白い眉の端は跳ね上がり、なめしたような浅黒い地肌とあいまって精悍ささえ感じさせる。だが真希に向けた眼差しはあくまで柔らかく、熟練した産婦人科医のそれだった。

「硬膜下血腫と言ってね、頭に血が溜まっていた。その血の塊を綺麗に取り除いてやったから、もう大丈夫だ。様子を見なければならんが、後遺症もなかろうというのが宮城《みやぎ》の見立てだ」

宮城というのは近所に住む脳神経外科医だろう。増田の笑みを見て安心したらしく、真希は「ああ」と一声呻くとふたたびベンチに腰を下ろした。雄次も食いしばっていた歯から力を抜く。

「ありがとうございます」

あまりに力を入れていたためか、顎の筋肉が強ばっていてうまく言葉が出なかった。それでも雄次は絞り出すように感謝の言葉を述べて、体を折り畳むように頭を下げる。

雄次が頭を上げると手術衣を着た男が二人、増田の後ろから出てきたところだった。宮城という脳神経外科医と増田病院の小児科医だろう。二人が歩み去るのを送ろうと雄次はもう一度深々と頭を下げる。ふと一人の足が止まるのを感じて頭を上げると、こちらを振り返った一人の医者と目が合った。

手術帽とマスクの間から覗いているのは目と眉だけで顔かたちは分かりかねたが、それでもまだ年若いことが窺《うかが》い知れる。雄次をたじろがせたのは、若さを湛《たた》えた目が自分を見つめる険《けわ》しさであり、そこに浮かぶ見間違えようもない憎悪だった。足を止めた若い医者は、戸惑う雄次をしばらく睨み付けていたが、やがて肩を怒らせるようにして廊下の奥へと歩き去った。思わず雄次が増田を見ると、苦虫を噛み潰したような顔をしている。

「何か……」困惑して雄次は問うたが増田は首を振って答えず、苦りきった顔に薄く笑みを浮かべ、やがて苦笑を微笑に変えてから雄次と真希の二人に言った。

「細かな説明は明日だ。陽真は集中治療室に入れる。泊まっていくなら産婦人科棟に部屋を用意させるぞ」

増田病院産婦人科棟の病室は全部屋個室でプレミアムホテル並みの設備が整い、付添人用のエキストラベッドを入れることもできる。

雄次が真希を見ると、真希が頷いた。

「お願いしたいのですが、よろしいのでしょうか」

増田病院の産婦人科は人気があって満床になることも珍しくはない。基本的に通院している妊婦の出産しか行なわないため、病室が足らなくなるという事態は考え難いものの、それでも予測できない急な出産のあることを思えば病室を塞ぐことは心苦しかった。

「気遣いは無用だ。今日、九人の褥婦《じょくふ》が退院したと報告を受けている。そんな日もあるもんだよ」

「ありがとうございます」雄次はまた頭を下げた。

「明日、そうだな九時ぐらいに私の部屋に来なさい。真希も、いいね」

最後に優しく真希に声をかけて増田は立ち去った。真希は増田の姪だが、中学生のときに両親を亡くし、その後は増田の家で実の娘同然に育っている。増田の可愛がりようは並々ならぬものがあり、雄次から見ても度を超しているように感じることもあった。

「家に戻って着替えを取ってくる。何か要るものはあるか」聞いてみたが真希は首を横に振る。緊張が解けて心身ともに弛緩したのか、その表情は虚《うつ》ろだった。

――まずいな。

真希はもとから体が強いほうではなく、ことに妊娠してからは虚弱さが増した。たびたび貧血やめまいを起こし、その都度この病院に運び込まれている。主治医の別喜から栄養補給のサプリメントも処方され、最後は二週間ほど入院して人工的に破水を起こす計画出産となった。

「とりあえず、横になっとけ。適当に持ってくるから」

真希の外出中に陽真に異変が生じたことが自分の失態であるような気がして、更にそれが原因で真希の体も変調を来しはじめたことに居たたまれない思いが強くなり、雄次は逃げるように病院を後にした。

2

雄次は、子供急病のため午前休をとる旨の連絡を勤め先に入れた後、増田に言われたとおり、九時に真希とともに小児病棟六階にある理事長室へと赴いた。

昨夜、二人は一睡もしていない。真希はベッドに体を横たえはするのだが、すぐに起き出してNICU（新生児集中治療室）へと行ってしまう。無論、中に入ることはできない。NICUの乳幼児ベッドで眠る陽真を、廊下からガラス越しに、何を考えているかも何を感じているかも分らない無表情のままじっと見つめているだけである。いっときしてから雄次が帰室を促すといったんは部屋に戻るのだが、またすぐに起き出してNICUに行ってしまう。そんなことを幾度となく繰り返し、しまいには雄次が根負けをして当直の看護師にパイプ椅子を用意してもらい、廊下に二人並んで座ったまま朝を迎えた。

洗髪が大変だからと出産に備えて大胆に刈り込んだ真希の髪の毛は、二ヶ月が経った今もショートといえるくらいにしか伸びていない。鼻筋がすうと薄く顎も細いため普段からどことなく儚《はかな》げな印象があるが、今朝はそれに顔の青白さが加わって今にも消えてしまいそうな危うさが漂っている。

「入りなさい」雄次のノックに増田の声が応《こた》え、二人は理事長室に入った。

理事長室は十二畳ほどの広さで、毛足の短い砂色のカーペットに両袖付きのマホガニー製と思しき執務机が据えられ、そこに増田が座っている。

執務机の前にはゆったりとした座面を持つ革製ソファと大理石のテーブルから成る応接セットが置かれており、そこに見知らぬ男女二人が並んで座っていた。女は、灰色というより鼠色というのがふさわしい濃い色の地味なパンツスーツに身を固めて、黒々とした髪を肩のラインで切り揃え、丸い銀縁眼鏡が掛かった顔は厳粛な教師といった体《てい》だ。男のほうも灰色のスーツを着ているが、こちらは年季が入ってくたびれており、着ている人間もスーツに負けず劣らずくたびれた様子だった。年はまだ五十代だろうが、皺の寄った目尻といい、への字に曲がった口といい、世を拗《す》ねた雰囲気の中で目付きだけがやけに鋭かった。

予想していなかった部外者の存在に戸惑い、部屋の入口に立ったまま雄次は増田を見た。しかしすぐに昨夜の礼を言うのが先だろうと思い腰を曲げる。

「昨夜はありがとうございました。おかげさまで助かりました」

増田は「ああ」とひと言頷いて、執務椅子のハイバックに体重を預けた。

「バイタルは安定していると報告を受けている。今日中に普通病室に移せるだろう。何にせよよかった」言うと増田は、アームレストに肘を突いて右の拳に顎を乗せ、物思いに耽るように目を閉じてしまった。そのまま誰も口を開かない。

「あの……」沈黙に耐えかねて雄次が聞いた。「こちらの方々は」

増田が目を開ける。浅黒い顔に厳しい表情が浮かんでいた。

「その前に聞きたいことがある。昨夜、陽真の異常に気付いたときの状況をもう一度教えてくれ」

矍鑠《かくしゃく》とした声には命令するのに慣れた者の厚かましさ、驕《おご》り、そして厳しさがある。しかし雄次は、その響きの中に混乱が含まれていることを敏感に聞き取っていた。

「もちろん構いませんが、昨夜、看護師の方にお話ししたのと同じ内容になりますが」

「もう一度聞きたいのだ。君自身の口から」

雄次は真希と顔を見合わせた。増田のこれほど厳しい声は聞いたことがない。その声には追い詰められた者特有の切迫感があり、先ほど聞き取った混乱と同じく増田には似つかわしくないものだった。増田は、院長こそ長男に譲って理事長に納まっているものの、K大学産婦人科医局に大きな影響力を持ち、県医師会の重鎮でもあるという。その増田を何がこれほどまでに混乱させ追い詰めているのかと雄次は訝しく思った。

増田には三人の子がいるもののいずれも男の子で、娘を欲しがっていた増田は、弟夫婦に真希が生まれたときから目をかけていたという。その溺愛ぶりは実の親である弟が苦笑するほどで、弟夫婦が交通事故で死亡し真希を引き取ってからは更に拍車がかかったと聞いている。

だから真希と婚約した際には、雄次は増田の対応にことのほか気を遣った。初めて引き合わされたとき、増田から値踏みするかのような視線をあからさまに浴びせられ、多少酒が入ったところで家系やら学歴やらを根掘り葉掘り聞かれた。生まれは。どこの高校で、どこの大学。今の勤めは。年収は。両親はどこに住んでいる。親の仕事。親族に大病した者はいないか。どこで暮らすつもり。

真希の結婚相手として可もなく不可もなく、できればもっと家格の高い相手がよかったが、地元企業勤めでF県から出ることがないならば贅沢は言うまい。そんな様子で渋々ながらも交際相手として一度認められてしまえば、あとは案外付き合いやすい相手だった。結婚後も変わらず真希を可愛がってはいるが、必要以上に堀尾家に干渉してくることはなく、雄次に対して厳しいことを言うこともない。

それだけに今朝の増田の剣幕は雄次を慌てさせ、雄次は座ることも忘れて話し始めた。

そこはかとない違和感を覚え、雄次は微睡《まどろ》みからゆっくりと覚醒していった。

七十六平方メートル３ＬＤＫのやや手狭なリビングに置かれたコーナーソファで、雄次は片足を座面に上げコーナーに寄りかかって寝ていた。傍らのローテーブルのガラス天板には、真希を送り出してから作った芋焼酎のお湯割りが置かれている。

真希は階上に住む友人の家にお茶に行っている。夕食の後片付けを終え、陽真を沐浴させて授乳してのことだ。土曜の夜であり、母乳育児に拘《こだわ》る真希の、授乳間隔三時間の合間を縫ってのほんの少しの気晴らしで、まだ八時前だったから雄次も気安く送り出した。

リビングでテレビを見ながら焼酎を舐めていたが、一週間の仕事の疲れと酔いでいつの間にか眠ってしまったらしい。薄く目を開けるとテレビでは九時前のローカルニュースをやっていた。消音にしているためアナウンサーが原稿を読み上げる声は聞こえず、字幕放送の歪《いびつ》なゴシック体がアナウンサーの胸に被さりながら画面を流れる。リビングはしんとして音がない。

――音がない？

雄次は跳ね起きた。足元に置かれた電動スィングを覗き込む。自動車用ベビーシートに四つ足キャスターを取り付けたような形の電動スィングは、すでにタイマーが切れており赤ん坊の眠るクッションを前後に揺さぶる動きを止めていた。それでいて陽真は泣き声を立てていない。微睡みから雄次を引き戻した違和感はそれだった。スィングの中の小さな体は力を失っていた。四肢を丸めるでもなく突っ張るでもなく、ただ力なく手足が左右に投げ出されている。眠っているのではないことは、半開きで震える瞼を見るまでもなく、スィングが止まっているにもかかわらず身じろぎひとつせず泣き声ひとつ立てない静寂さが教えてくれた。瞬時、雄次は最悪の事態を思い浮かべたが、微かに白目を剥いた陽真の瞼が小さく痙攣しているのを見て取り、陽真が生きていることは認識できた。しかし安堵よりも早くパニックが雄次を襲い、腰が抜けて尻もちをついた。

何か深刻で大変なことが起きていると感覚的に分かったが、目の前の光景をそれ以上認識して理解し、考えることを脳が拒否していた。救急に連絡するということすら思いつかず、尻もちをついたまま雄次はただ陽真の姿を見つめ続ける。

喉が一つ鳴った。その音で、雄次は自分が唾を飲み込んだことを知ると同時に我に返った。

——救急車……

床を這ってローテーブルに近付くと、震える手で天板に載ったスマートフォンを取り上げた。簡易操作による緊急通報を思いついたものの俄《にわか》には操作方法を思い出すことができず、結局いつもどおりパスコードを打ち込みロックを解いてから一一九番に通報する。

「消防です。火事ですか、救急ですか」

落ち着いた男性の声が聞こえた。子供が変だ、すぐに来て下さい。叫ぶように言う。男性は、訓練された落ち着きを持って雄次から氏名と住所を聞き取り、患者が乳児と知るや、すぐに救急車が向かうので決して動かさないように、と雄次に告げた。

通話が終わると雄次は言いようのない心細さに捕らわれ、消防の男性の言葉にもかかわらず、陽真の小さな体を揺すってみたいとの誘惑に捕らわれた。泣いていないのは何かちょっとした手違いで、揺すれば反応するのではないか。いつものようにけたたましい泣き声を上げるのではないか。陽真から目を逸らすこともできず、陽真に手を伸ばしては引っ込める、そんな動きを幾度となく繰り返したところでようやく真希に電話することを思いついた。

――何をやってるんだ俺は！

震える手で履歴から真希の番号を呼び出し、電話が繋がったときには遠くから救急車のサイレンが聞こえていた。

「つまり君は、陽真の容態が急変したとき酒を飲んで寝ていたということか」

増田の声に非難の響きが籠もった。隣に立つ真希も自分を睨んでいるのが分かる。気付けばソファに座った二人も射貫くような視線を送ってきていた。

「申し訳ありません」緊張で干上がった喉を動かし、雄次は謝罪の言葉を口にする。

増田は荒々しく鼻から空気を吐き出すと、気を静めるように大きく息を吸ってからソファに座る二人を紹介した。

「こちらはF県玖日《くめ》地域児童相談所の山口《やまぐち》さんと、築紫警察署の川畑《かわばた》さんだ」

「警察署？」雄次は思わず声を上げ、川畑を見つめた。

雄次の視線を無表情に受け止め、川畑と呼ばれた男が雄次をじっと見返す。何の感情も籠もらぬ目の圧迫感に息苦しさを覚え、雄次は視線を外した。

「山口さん川畑さん、お聞きのとおりだ。雄次くんは寝ていた、何もしていない」

「しかしそれでは症状に合いません」

山口が口を開く。感情の籠もらぬ冷ややかな声だ。その声の様子に、雄次はふと小学校低学年次の担任教師を思い出した。若い女性教師だったが、言うことを聞かない生徒がいればすぐに竹製の三十センチ定規でその太ももを叩いた。叩くときは手加減せず、それでいて表情一つ変えない。目の前の山口とは似ても似つかぬ顔だが、冷血という二文字で表わされる本性は同じように雄次には思われた。

「児童に三徴候があったことは小児科の高橋先生に確認しています。電話で伺いました、先ほど直接お話を聞きました。手術には理事長先生も立ち会ったのでしょう、理事長先生も確認してるはずです」

山口の言葉に増田が背もたれから身を起こした。

「三徴候なぞ知ったことではない。どこぞの学者が、幾つかの症例を十把一絡げにして勝手にそう呼んどるだけだろうが。高橋が何と言ったか知らんが、私に断りもなく児相に通報するとはな。あいつは医師の守秘義務を何と心得とるんだ」

「通告を理由に高橋先生を叱責することは許されませんよ。被虐待児を発見した場合、児童相談所に通告することは医師の義務で、高橋先生は義務を果たしただけです。高橋先生は熱心に……」

「ちょっと山口係長」低く鋭い声が川畑から飛ぶ。

しまったというように山口の口が開き、ほんの一瞬ではあるものの顔に後悔の影が横切るのを雄次は見た。

「被虐待児?」言いながら雄次はゆっくりと川畑に視線を向ける。

ふたたび川畑の視線とぶつかったが、相も変わらず川畑の目には何の感情も浮かんでおらず、まるで道端の看板を見るような目付きだった。山口に視線を戻すとすでに澄まし顔だったが、目には怒りと、侮蔑と、憐憫とが同居しており、その眼差しに雄次は更に困惑した。

「何のことなんです? 増田先生、何がどうなっているんです」

「その人が言った三徴候というのはな、硬膜下血腫、脳浮腫……」

「細かなことはよかでしょう」川畑が増田の言葉を遮る。

話に割り込まれた増田が顔を顰《しか》めて露骨に不愉快さを表わしたが、構う様子も見せずに川畑は言葉を続けた。

「旦那さん、ちょっと話ば聞かせてもらえんね。大したことじゃなか、すぐ済むけん署まで行こか」砕けた調子で言いながらも川畑は視線を雄次から外さない。

署という異質な単語が雄次の脳に沁み込むまで時間がかかった。ああ、相変わらず看板を見るように見られているな、などとぼんやりと考えて、それからようやく自分が警察署への同行を求められていることに気付いた。

「警察署？　私が？　なぜ？」

「あまり真剣に考えんでよかと。すぐに済むけん」

雄次は救いを求めるように増田を見る。それに応えるように、あるいは割り込んだ川畑の無礼を咎《とが》めるように、増田は勢い込んで言った。

「雄次くんの話なら今聞いたろう。警察に連れて行く必要はない」

「理事長先生までそげん言われると困りますね。ちょっと話を聞くだけですから」

ようやく雄次から視線を外した川畑が、増田に向き直る。

「だったらここで聞けばよかろう」

「人前では言いにくかこともあるかもしれんじゃなかですか。静かな所でゆっくり話を聞こうと言うんは、気を遣っとうからでもあるとですよ」

「ふん、だったら事務局に個室を用意させる。それでよかろう」

「いいや困ります、こっちも手続というものがある。署まで来てもらわんと。何をそんなに心配しとうとですか、話を聞くだけって言っとうじゃなかですか」

二人は睨み合い、やがて川畑から目を離さぬまま増田が言った。

「雄次くん、どうする。埒《らち》が明かんぞ」

雄次は真希を見た。その顔色は蒼白さを通り越して蠟のように白くなっている。このまま同席させていれば本当に倒れかねない。

理由は分からないが、山口の言葉からして自分が陽真を虐待していると疑われているらしい。二ヶ月の乳児に対する虐待とはいったいどんなものか、雄次の理解をおよそ超えてはいたが、今回の血腫と関係するものはなんであれ身に覚えがない。警察も話せば分かってくれるはずだ。ならばここで押し問答をするよりもさっさと警察署に行って質問に答えたほうがいいのかもしれない。

そこまで考え、山口のさきほどの視線の意味に雄次は気付いた。山口は児童相談所の職員らしく、そうであれば子を虐待する親を少なからず見てきたのだろう。虐待に対する怒り。虐待する親に対する侮蔑。そして子を虐待せざるをえない親に対する憐憫。さっきの視線は、自分を虐待親と信じているからこその視線なのだ。見ると山口は今も澄まし顔のまま雄次を見つめている。そういえば昨夜、手術室から出てきた若い医師も、怒りと憎しみの籠もった視線を自分に投げ付けてきた。彼が児童相談所に通報した高橋という小児科医に違いない。

多くの人間が虐待を疑う眼差しを自分に向けていることを知り、雄次の背中を冷たい汗が流れた。心臓の鼓動が速くなり、頭の血管が脈を打つ。自らの置かれた状況に愕然としたまま、警察署に同行するほか選択肢のないことを悟った。

疑いは晴らさなければならない。自らを勇気づけるように考える。そのためには警察に行って全てを、望まれるならば陽真が産まれてから二ヶ月間のこと全てを話そう。

覚悟を決めて口を開こうとした瞬間、川畑が薄く笑うのを雄次は目にした。その笑みは、獲物が罠に足を踏み入れ二度と抜け出せないことを確信した狩人《かりゅうど》の笑みのように思え、今度は顔中に冷や汗が噴き出した。

3

「お忙しいところお時間をありがとうございます、厚生労働省の島地《しまじ》です」

言うと一礼して女性は名刺を取り出し、田部《たなべ》に差し出した。

「恐縮です」と言いながら田部は名刺を受け取り、同時に自分の名刺を差し出す。

名刺交換を終え田部は改めて島地を観察した。霞が関で働く官僚の制服ともいえる紺色のスーツに身を包み、前髪は作らず後ろで髪を束ね、化粧はしているもののほとんど分からぬほどだ。名刺を差し出した手にもマニキュアはなかった。目元はややきつく、口角を上げて微笑みの形を作りながらも唇は固く引き締められていて、自信と不遜が同居するその顔はキャリア官僚の典型的なそれであった。

渡された名刺には、厚生労働省こども家庭局付とあった。田部があらかじめ目を通した資料では、島地の出身大学は田部と同じく東京大学で、大学受験も国家試験も現役で合格している。田部より二つ若く、そのぶん厚生労働省への入庁も二年遅い。本省勤務と国際機関への出向を繰り返しており、警察官僚として交流を持っても損はない相手。自らの判断に間違いはなかったと確認すると、今度は島地の隣に立つ男に視線を向けた。

「こちらはアピコ日本販売株式会社の横川《よこかわ》さんです」

島地に紹介され、男は名刺を持った両手を田部に突き出した。だが田部は応じず、島地に目を向ける。田部の視線に気付いた島地が言葉を付け足す。

「今回の事案の説明にご同行いただきました。アピコの従業員としてではなく乳幼児メーカー団体の代表ということで同席させていただきたいのですが、よろしいでしょうか」

田部は納得して横川と名刺を交換する。「警察庁長官官房人事二課長」の名刺は誰《だれ》彼《かれ》構わず渡していいものではない。田部は、民間人に名刺を渡したときには日時用件はもちろん紹介者も記録するようにしていた。

田部は二人に着席を促し、自分も一人掛け椅子に腰を下ろす。警察総合庁舎内の警察庁長官官房応接室だ。通常なら来訪者の応対には小会議室を使うが、相手が初めて会う庁外キャリアということで今回は応接室を用意した。

田部が島地から面会の申込みを受けたのは三日前だった。官房の代表番号に電話をかけてきた島地は、警察庁警備局警備企画課に勤めている田部の大学ゼミの後輩の熊《くま》谷《がい》という男の名を挙げ、田部を紹介されたと告げた。熊谷とは国家試験受験サークルで一緒だったと言う。

面会を承諾して島地との電話を終えると、田部はすぐに熊谷に電話を入れて裏を取った。また、部下に命じて厚生労働省の室長級以上が収録されている『厚生労働省名鑑』から島地の経歴を拾わせ、更にインターネットと新聞データベースからも情報を拾わせる。相手の情報を事前に収集しておくのは面会の基本だ。

島地の経歴で田部の目を引いたのは、国際機関での勤務がいずれも児童関係であることだった。最近は国際労働機関の児童労働撤廃計画と、国際連合児童基金（ユニセフ）に出向している。ユニセフから戻った後、大臣官房総務課企画官を経て局長付となっており、これは課長ポストの空き待ちだろうと見当を付けた。

来年の今ごろは家庭福祉課長あたりか。田部は、島地の利用価値を推し計りながらその飾り気のない顔を見つめた。

「突然お電話して申し訳ありませんでした。熊谷さんに相談したら、田部先輩に如《し》くはなしとのことだったので、とにかくお目にかかろうと」

「構わないよ。熊谷とは同じゼミだからね、あいつの紹介となれば断れない」

初対面ながら田部先輩と呼んで同窓をアピールする島地にあざとさを感じつつ、田部は砕けた調子で答えた。先輩後輩でいこうというなら、こちらは敬語を使う必要はあるまい。

「それで？　厚労省の児童問題のエキスパートが、警察庁にどんな用だろう」

「ちょっとご協力を仰げないかと思いまして。先輩は、ＳＢＳをご存じですか」

「ＳＢＳ？」唐突に出てきた単語に戸惑い、田部は聞き返した。

「Shaken Baby Syndrome（シェイクン・ベイビー・シンドローム）、乳幼児揺さぶられ症候群です。世間では、揺さぶられっ子症候群などと呼ばれているようですが」

「なんだ、揺さぶられっ子症候群か。そちらの本省でホームページに動画を載せたりして予防キャンペーンをやってるやつだろう。新聞でも取り上げられて話題になってる。確か子供を強く揺さぶると脳震盪《のうしんとう》を起こすとかいう内容だったか」

　田部のあやふやな答えに島地が微笑む。

「そうです。今日はその件でお伺いしました。先輩の仰るとおり、我が社では、SBS予防のための啓蒙動画をホームページに掲載したり、母子健康手帳への注意文書掲載を自治体に働きかけたりしていますが、まだまだ啓発は十分とは言えません」

　島地は自分の役所のことを我が社と呼んだ。帰属意識の強い役人根性が透けて見えるようで、小役人なら与《くみ》しやすいと田部は内心笑みを浮かべる。

「なかなか大変だな」大げさに田部は相槌を打つ。

「ええ。そうしたところ有志の乳幼児メーカー数社から、社団法人を設立してSBS防止の啓蒙活動に取り組みたいとのお話をいただきました。民間が行なうことですので我が社がどうこう言うべきものではありませんが、SBS予防を推進する立場としてはぜひ積極的に進めていただきたいと思っています」

　島地は隣に座る横川を見た。横川が言葉を引き継ぐ。

「島地さんから今ご説明いただいたように、弊社や幾つかの会社が集まって、SBS

防止団体とでもいうような協会を設立しようと考えております。SBSは欧米では八十年代には広く知られるようになりましたが、残念ながら日本ではまだまだ周知されているとは言えない状況で、予防も発見も欧米に比べて二十年は遅れていると言っても過言ではありません。そこで、団体に加盟する会員各社が資金を出し合って、育児雑誌やインターネット、さらにテレビ広告などでSBSに関する知識を広く普及していこうと考えているのです」

「大変結構ですな。しかし、何でまたそんなに力を入れるんです」

「それはもちろん幼い子供たちを守るためです。われわれ乳幼児メーカーは子供あってこそ。子供たちを守るのは私たちの使命です」

横川はにこやかな表情を変えずに言い切った。

「ますます結構なことですな」言いながら、田部は思わず鼻で笑っていた。

アピコはアメリカに本社を置く乳幼児用品の製造販売企業で、アピコ日本販売はその日本法人だろう。SBSの危険性を世間に訴えることが、何らかの形でアピコの製品売上げに繋がるに違いなく、さもなければ損得勘定にうるさい外資系メーカーが金を出すはずがない。

「あまり建前ばかりだと信用してもらえませんよ」

島地が、田部の思いを読んだかのように横川に笑いかけて言った。これには横川も苦笑せざるをえず、肩の力を抜いたように話し始める。

「失礼しました。弊社をはじめ乳幼児メーカーは、最近では頭部保護、頸椎《けいつい》保護の機能を重視した商品を多数販売しています。ところが、このような高付加価値商品は一部の富裕層がご購入くださるだけでなかなか売上げが伸びていないのが現状で、その原因は、安価でシンプル、しかし低機能の商品が氾濫していることにあります。嘆かわしいことに多くの親は安全性よりも経済性を優先させ、安い商品を選択しているのです。例えばチャイルドシートですが、弊社では卵を落としても割れないクッションを使用した商品を、三万円ほどで販売しています。ところが今、世間でいちばん売れているのは一万円にも満たない商品なのです。確かに最低限の機能は満たしているかもしれませんが、それでは子供の安全にとって不十分と言わざるをえません」

お前の会社の売上げにとって不十分なんだろ、と田部は心の中で呟いた。たとえ一万円に満たないチャイルドシートには道路交通法で定められた適格基準が存在する。チャイルドシートとしての安全性は確保されている。商品であっても適格基準を満たしていれば、シートとしての安全性は確保されている。

「つまり、高付加価値の機能は『有ればいいが無くても困らない』という程度にしか思われていないということです。そこでＳＢＳ防止協会を起ち上げ、揺さぶりというものがいかに怖いものであるか、子供の頭や首といったものがいかに脆いものであるのかということを、ＳＢＳを題材にして広く世間に知ってもらおうと考えているわけです」

田部は得心した。何のことはない、やはり自社商品を売るための方策で、それも多分にマッチポンプ的な匂いがする。

しかし、と田部は考える。それでＳＢＳが予防できるのならば社会にとっても悪い話ではないだろう。それに協会という名前には惹《ひ》かれるものがある。うまくすればＯＢの再就職先に使えるかもしれない。

「社会的に意義のある活動のようだ。設立予定の協会についてもう少し詳しく聞かせて欲しい」

田部の言葉に横川が身を乗り出して答える。

「弊社や幾つかの企業、これには国内メーカーも含みますが、それら企業を加盟会員として社団法人を設立し、その本部を東京に置きます。そして地方の各政令指定都市には支部を置き、各地の実情に合わせた市民へのＳＢＳ予防の啓蒙活動と、関係機関へのＳＢＳ理論の研修、更には、乳幼児の虐待親からの救済支援も行なおうと考えております」

各政令指定都市に支部を置くというのは、田部が想像したよりはるかに大きな組織だ。ひょっとしたら再就職先は一つではなく複数確保できるかもしれない。田部は俄然興味を持った。

官公庁によるＯＢの天下りあっせんは平成十九年の国家公務員法改正により規制されたが、禁止されているのは官公庁が民間企業に職員の情報を提供したり、その再就職を依頼したりすることだけで、職員自身が企業に接触したり、逆に企業が職員に接触することまでを禁止するものではない。ざる法と揶揄《やゆ》される所以《ゆえん》だ。

田部のいる官房人事二課は、まさにその天下りを担当する部署だった。約七千八百人にも及ぶ職員の再就職先あっせんの必要性と重要性は、警察庁といえども他の省庁と変わるところはなく、天下りの受入れ先が年々減少している状況に照らせば、新たな受入れ先の開拓は重要な仕事で一つでも多く確保しておくに越したことはない。島地から相談を受けた熊谷が、自分に話を回した理由が分かった。

今度会ったら酒の一杯ぐらい飲ませてやるかと一瞬思ったものの、熊谷が細い体格に似合わず鯨飲《げいいん》の類《たぐい》であったことを思い出し、田部はすぐにその思いを打ち消した。後輩にタダ酒を飲ませるぐらいであれば、上司に贈り物をしたほうがよほどマシというものだ。

「それだけの規模になると人員確保も大変だ」

「ええ、東京はもちろん、支部にも専従の職員を置きたいと思っています。支部の事務所自体は弊社や会員企業の支店内に置くことになるでしょうが、会員企業の従業員が協会の職員を兼ねることまではできないと考えています。加えて、協会の性質上、従業員にはＳＢＳに対する知識も必要です」

「そんな人間は多くはないだろう」

「ですので、以前、世界こどもフォーラムでお会いした島地さんにご相談申し上げた次第です」

「我が社はＳＢＳ予防キャンペーンを展開している関係上、地方の厚生労働局や児童相談所でケースワーカーにＳＢＳ理論の研修を行なっています。ですから専門知識のある人間がそれなりにいるんです」

「我々も協力できる余地がありそうだな。児童虐待防止法の成立以来、児相との連携を進めている。生安《せいあん》には適材がいるだろう」

児童虐待事件は警察では基本的に生活安全部の所管で、平成十二年に『児童虐待の防止等に関する法律』が制定されてから、都道府県が設置する児童相談所と警察の連携が推し進められている。被虐待児童の発見のために児童相談所が行なう臨検・捜索について合同で研修したり、実際の臨検・捜索の際に警察官が立ち会ったりするなどの協力態勢が採られるようになった。

「ところで、島地くんも横川さんも、先ほどからＳＢＳ理論と言っているが、『理論』とは何だ？　ＳＢＳ理論とＳＢＳは違うのか」

「ＳＢＳ理論は、言ってみればＳＢＳの診断基準です」

横川が答えて説明する。ＳＢＳ、乳幼児揺さぶられ症候群は、乳幼児が強く揺さぶられることによって生じる脳損傷の総称だ。それに『理論』という言葉を付け『ＳＢＳ理論』と称することで、

「『三徴候』と呼ばれる症状があればＳＢＳが生じていると判断でき、ＳＢＳが生じているということは頭に暴力的揺さぶりが加えられたと判断でき、頭に暴力的揺さぶりが加えられたということは一緒にいた大人が揺さぶったと判断できる」

という論理を表わしたものだと言う。

「端的には、硬膜下血腫、網膜出血、脳浮腫という三徴候が現れていれば、最後にその乳幼児と一緒にいた大人によって揺さぶりという虐待が行なわれたと考えて構わない、という医学用語です。ＳＢＳ仮説理論と言われたり、あるいはＳＢＳ仮説と呼ばれたりすることもあります」

感心して田部は頷いた。

「便利なもんだな。それでSBS防止協会は具体的に何をするんだ」

「先ほど申し上げたとおり、SBSの啓蒙と虐待親からの児童救済支援を両輪にしたいと考えていまして、特に後者の活動は社会的インパクトが大きいと考えています。具体的には、SBS理論に基づいて摘発された虐待親から被虐待児を保護し、安全が確認されるまで児童相談所と提携して環境的、資金的な援助を行なうことを予定しています。被虐待児を保護する施設はこれまで児童養護施設が中心でしたが、SBS理論が広まれば検挙件数が増えて要保護児童数も増えることが予想されるので、養護施設だけでは賄いきれなくなるでしょう。そうすると養育里親制度など社会的インフラが今以上に重要になってきますので、その整備のお役に立てればと」

「すると児童虐待事件の摘発が重要となってくる。もちろん我々はこれまでも全力を尽くしてきたが」

言った途端、横川の瞳が濡れたように光るのを田部は見た。

「警察の皆様の、児童虐待摘発へのご尽力は十分に承知しております。それを踏まえた上で、なおお願いしたいのは、SBS理論を積極的に利用することで児童虐待事件の見逃しや見落としを無くし、より多くの虐待親を検挙していただきたいということです。SBS防止協会が永く存続していくためには、多くの虐待事件が摘発され、虐待親が逮捕され、被虐待児が保護されなければならないのです。そしてそうすることで全国の親御さんたちに乳幼児の頭と首を守ることの重要性をご理解いただくことができるのです」

「そして保護機能の付いた高付加価値商品が飛ぶように売れる、と」

皮肉を効かせて田部は言ったが、横川は動じない。

「結果的にはそうなるでしょうが、それが児童の安全に繋がるのです」

「ちなみにSBS防止協会の理事は五人で、待遇は会員企業の役員並みだそうです。事務実務を担う事務局のまとめ役として一人は会員企業から出向しますが、残りの四人は、虐待防止と事件摘発に詳しい専門知識のある人間が望ましいと設立準備委員会では考えているようです」島地が何食わぬ顔で言う。なかなかの狸だと田部は島地を見直した。

『虐待防止』に詳しい人間として厚生労働省OBが、『事件摘発』に詳しい人間として警察庁OBがそれぞれ二人ずつ。それに加えて各支部の専従職員ポスト。実に美味しい話だと田部は舌舐めずりしたが、あえて気のないふうを装った。

「さてね、理事の話は協会で決めることだからな。だが協会の社会的な意義は分かったし、ＳＢＳ理論の重要性も分かった。どこまで協力できるか分からんが、生活安全局に話してみよう。何か通達を出してもらえるかもしれないし、出してもらえないかもしれない。あまり期待しないことだ」

すかさず横川が座ったまま深々と頭を下げた。

「ありがとうございます。課長様にそう言っていただけると誠に心強く感じます。協会の設立に励みますので、また人事面等でご相談させてください」

ああ、と答えて田部はそっぽを向いた。ここでこれ以上話を詰めてくるようならコイツは馬鹿だと思ったが、横川は馬鹿ではなかった。島地に目配せをし、島地が引き取る。

「先輩、今日はお時間をありがとうございました。詳細についてはまた改めて。今後ともよろしくお願いします」

島地と横川を田部は応接室から送り出した。二人が去った応接室でひとり、田部の口元は自然と綻《ほころ》んだ。

4

「おい細井《ほそい》」

奥村《おくむら》の声に、細井は顔を上げた。課長席から顎で喚んでいる。内心ため息をつきながら、作成していた地域防犯メールの下書き原稿を保存すると細井は立ち上がり、課長席へと近付いた。

昼休みを終えたばかりの築紫警察署生活安全課の部屋には、細井のほかは課長と事務職員一人が残るだけだった。あとの人間は聞き込みに行っているか、捜査本部で働かされているか、それとも満たされた胃袋を抱えてどこかで昼寝しているかだろう。眠気に抗《あらが》ってパソコンに向かい、防災マップに痴漢やひったくりなどの発生場所を重ねる原稿作成にようやく興が乗ってきたところだっただけに、奥村の呼び出しが細井には疎《うと》ましかった。

「刑事課強行の栗秋《くりあき》と一緒に捜査に入って」

ワイシャツの袖が捲《まく》り上がった右手で書類を突き出しながら、奥村は細井に命じた。課長の奥村は、やや弛《たる》み気味の頬に涙袋、その上に乗った目は小さく丸く意外な愛嬌があり、薄い眉を挟んで広がる額からつるりと後ろに撫で付けられた髪では整髪料が光沢を放っている。

「強行の捜査ですか。粗暴犯相手が嫌で生安を志望したんですから勘弁して下さいよ」

書類を受け取りながら細井がぼやく。ぼやきながらも帳場にとられるよりかはましか、と思ったりもする。いま築紫署自体に連続ひったくりの捜査本部が立っている上に、隣の霞処《かすみが》警察署にも三日前に捜査本部が立ったばかりだ。しかもそれが廃工場から三つ死体が出てきたという死体遺棄殺人事件で、早々に特別捜査本部に指定され近隣の警察署からも大量に捜査員が吸い上げられた。このため築紫署は極度の人員不足に陥っている。

「きのう川畑が、傷害で会社員を引っ張ってきたろうが。その川ばっちゃんが霞処署の特捜に引き上げられた。それで刑事課に応援をもらうことになったんやけど、虐待案件やし、こっちが挙げた事件やし、任せっきりとはいかん。そこでエースのお前を送り出そうってことたい」

エースうんぬんは奥村のつまらない冗談だ。大学を出て六年、自らの警察官人生が平々凡々《へいへいぼんぼん》なものであることは自身が一番よく知っている。かといってここいらでひと花咲かせようという野心もなく、築紫署生活安全課の相談係に配属されて二年、今の仕事を細井はそこそこ気に入っていた。

築紫署はかつて四市一町を管轄するF県有数の繁忙警察署だったが、F県警が策定した「警察署の機能強化計画」に基づき四年前に二つの警察署に分割された。新設された霞処署が人口過密地域と商工業地域を抱える三市を管轄することになり、築紫署に残されたのは、文化財は豊富だがそのために大規模開発が難しい築紫市と、土地は広大だが人は少ない築横《ちくおう》町の一市一町だった。

刑法犯認知件数も人身交通事故発生件数も三分の一以下に減り、それまで一から三課まであった地域課と交通課、一課と二課があった刑事課がそれぞれ一つにまとめられ、独立していた少年課も生活安全課に編入された。当然のことながら組織の縮小に伴って署員も大幅に削減され現在に至っている。

建物も、霞処署は地元出身著名建築家の設計による全面ガラス張り免震構造七階建ての新築で、屋上には大規模太陽光発蓄電設備、一階にはフレンチ・レストランが営業し市民にも開放されている。一方、築紫署は築四十年の鉄筋コンクリート四階建て、あちらこちらに欠けや浮きのある黄土色の小口タイル張り、繁忙署だったころに増改築を繰り返した挙げ句の入り組んだ内部構造、昼間でも蛍光灯がなければ人の顔も判別できないほど暗くて天井の低い廊下、効きが悪いくせに音だけは大きい全棟一元管理の空調設備という有様《ありさま》だ。このため県警職員のみならず県民からも築紫署を「出涸《でがら》し署」と揶揄する声が聞こえるほどである。

そんな築紫署だったが、細井は二年間の勤務を経てどことなく愛着を持つようになっていた。管轄内には豊かな水流を湛える複数の河川が流れ、田畑はもちろん果樹園や紅梅園も広がり、春には蔵を開いて新酒を振る舞う造り酒屋も一つではなく存在する。古代には執政官庁が置かれていただけあって、あちらこちらに由来を示した木札や和歌を刻んだ石碑が立ち、そこはかとなく街に文化の香りが漂うのも好ましい。加えて住民は保守的で、良く言えば遵法意識、悪く言えば御上意識が強く、地方特有の閉鎖性こそあるものの概ね警察には協力的だ。おしなべて細井の気性に合った土地柄といえ、縮小された組織規模も丁度よいサイズ感で、そうなると庁舎の古さも治安と文化を守ってきた風格や趣があるように感じられるから不思議だった。署員の多くも口では「出涸し署」と自嘲してみせながら、その実、愛着を抱いている者も少なくないようだ。

「なんやったらお前が特捜に行ってもよかよ。そのほうが川ばっちゃんも喜ぶやろ」

小さい目を細めて奥村が意地悪く言い、「それこそ勘弁して下さいよ、死んじゃいます」と細井は情けない声を出した。

今朝、特捜本部に派遣された防犯係の先輩が、署のロッカーに着替えを取りに来ていた。刑事部への異動を狙っており、うまく立ち回れば捜査一課は無理でも所轄の刑事課ぐらいには異動できると、特捜本部行きを喜んでいた先輩だ。何気なく挨拶をした細井は、先輩の顔を見て驚いた。本部が立ってまだ三日なのに、見るからに窶《やつ》れていたからだ。出ていきしな、「特捜班長がな、きついんよ」と先輩はこぼしていった。

F県警の捜査一課は、警視庁と同様、課長の下に管理官を置いて捜査本部の指揮に当たらせている。だが独自の制度として、特捜本部の場合には管理官の下に更に特捜班長を置くことがある。管理官の階級が警視なのに対し特捜班長は警部で、捜査一課の係長を経験した者が就任することが多く、管理官に代わって本部に常駐し捜査の指揮を執る。管理官への登竜門ともいわれており、特捜本部の成績がそのまま本人の評価となるため、いかに穏やかな人間であっても特捜班長になると人が変わるといわれ、先輩の窶れ具合を見て細井は噂が嘘でないことを知った。

——絶対に特捜にだけは行かない。

課長の言葉に決意を新たにし、そこで細井はふと気付いた。

「あれ？　刑事課の栗秋さんって」

「そう、〈出戻りたい〉の栗秋たい」頷きながら奥村が言う。

出涸し署の出戻り栗秋。ひととき築紫署で、いや県警全体で話題となった人物だ。

二年前、F県警は『永久出向制度』という採用人事制度を導入した。婚姻や介護などの事情で他の都道府県警を退職する警察官を、現職の身分のままF県警に迎え入れる制度だ。

都道府県警の警察官は、各自治体が実施する公務員試験を受け、その自治体の地方公務員として採用される。だから自治体を跨《また》ぐ転勤も転籍もないのが原則で、他の都道府県警に勤めたければ公務員試験を受け直すほかない。

しかし、すでにある程度の経験を積んでいる警察官を改めて警察学校初任科に入校させ新任巡査として働かせるのは時間の無駄だし、何より貴重な労働力を遊ばせることになる。そこで考え出されたのが永久出向制度だ。出向といっても籍を出向元に残すいわゆる在籍出向ではなく、採用決定後に出向元を退職して籍を抜く転籍出向だから、実体は都道府県警を跨いだ異動といえる。関東地方では珍しくない制度らしいが、F県のあるK地方は万事につけて保守的で制度導入が遅れており、ようやくF県警が先陣をきって二年前に導入した。

その導入されたばかりの制度を利用して入庁したのが栗秋だった。F県警初の永久出向制度適用者ということだけでも話題性があるが、出向元が警視庁、それも捜査一課だったことが話題を県警内のみならず地方紙に載るほどのニュースに押し上げた。小さな記事ではあったが、細井も新聞を読んで初めて永久出向制度なるものの存在を知り、第一号が栗秋という巡査部長であることを知る。行きつけの喫茶店でモーニングを食べながら記事を読み、制度そのものにはへえそんな制度があるのかという程度の感想しか持たなかったが、栗秋という名前を目にしたときには軽い驚きを覚えた。というのも、それが三年前に亡くなった警部補の名字と同じだったからで、記事にも父親がF県警の警察官だったものの急死したとあり、F県の治安を守るという遺志を栗秋が継ぐことになったと美談に仕立てている。

亡くなった栗秋警部補の名前を細井が覚えていたのは、細井と同じ生安刑事であったことに加え、自殺だという噂が当時流れたからだ。県警内で公表された死因は多臓器不全というもので、これは病死の場合のほか自殺の場合にもよく使われる表現である。それだけならただの噂と聞き流し、細井の記憶にも残らなかったかもしれないが、すぐその後に別の刑事部の警部補も多臓器不全で亡くなり、二人とも過労死ではないか、いやうつによる連鎖自殺じゃないかなどと囁かれ、細井も当時の職長からメンタルヘルス受診を勧められるなどした。

永久出向制度の記事を読んだ後、栗秋が大学を卒業する際にF県警と警視庁を受験していずれも合格し、警視庁を選択したという話を署の噂雀《うわさすずめ》から耳にした。そこから付けられた綽名《あだな》が〈出戻り〉。F県警には入庁もしていないのだからおかしな綽名だとは思ったが、その一方で中傷めいた綽名を付ける人間の気持ちも分からないではない。県警職員の息子で県警に合格しながらそれを袖にしたことに対する非難が少々、あとは県警を蹴って行った先が警視庁でしかも捜査一課勤務という経歴に対する羨望と嫉妬だろう。

どこの警察であっても捜査一課は花形だ。テレビドラマや映画に取り上げられることも多く、生活安全課を知らない市民であっても捜査一課は知っている。そういったメディアへの露出度に加え、「人殺し」を追うというシンプルな役割が分かりやすいのだろうと細井は思う。

知能犯を追う二課や窃盗犯を追う三課は、その前提として財産制度や経済秩序という社会制度が必要だ。生活安全部にしても、防犯係には風紀秩序、少年係には少年の保護更生という価値観がある。そういった制度秩序や価値観を守る警察の役割を理解するには、前提となるそれら制度秩序、価値観を理解しなければならない。それに対して捜査一課はシンプルだ。人殺しを捕まえる。例外の広狭はあるにせよ人殺しはいつの時代、どこの国でも禁忌の代表格で、だからこそ人殺しを追う捜査一課の仕事は分かりやすく、警察の象徴として花形にもなる。それが日本の首都警察たる警視庁の捜査一課ともなればなおさらで、やっかみも招こうというものだ。

だが細井はやっかみを理解しこそすれ同調する気持ちはない。捜査一課に対する憧れがないからだ。人殺しを捕まえる。人殺しは人として最低限のモラルを乗り越えてしまった獣だから、それを追って捕縛するには獣に対峙する強さ、獰猛さがなければならない。国民の怒りを背景に容赦なく強制捜査権を振るい、時には別件逮捕など違法すれすれの方法で逮捕に持ち込み、取調室という密室で被疑者を頭から喰らう。一課の犯人が人殺しなら一課の刑事は人喰いだろう。いかに組織捜査が謳《うた》われ科学捜査が発展しようとも、個々の刑事の狩人としての本性が変わることはない。だからこそ敬して遠ざけたいというのが細井の本音だった。外にいて犯人の足跡を追うよりも、内にいて防犯メールを作成するほうが性に合っている。

県内の私立大学に通って国文学を学び、サークルはツーリング愛好会。ツーリングといっても自動二輪車ではなく自転車のほうで、月に一回、県内の観光地まで自転車を漕いで行ってお茶や酒を飲み、あとは自転車を袋に入れバスや電車に乗る輪行《りんこう》で帰るという、体育会系からはほど遠いサークルだった。内股の皮が剝けるのには辟易したが、自転車乗りの経験は交番での自転車警らで役に立ったような気がしないでもない。とまれこのような経歴でそれに沿う性格だから、入庁後も刑事部や組対部、機動隊に行こうという気持ちは毛頭なく、かといって公安部に行けるほど優秀でも、交通部に行けるほど技能があるわけでもなく、地域部を希望したものの思わぬ高倍率に弾かれて生活安全部に落ち着いた。生活リズムが作りやすく昇任試験勉強に有利な地域部は人気がある、と言った交番長の言葉は本当だったようだ。

しかし風紀犯罪や少年犯罪を担当する生活安全課の仕事には、被疑者の生活に腥《なまぐさ》さを感じることは多いものの血腥さは少なく、親切ごかしに被疑者に説教するベテランにもそれを見守る自分にも偽善者の匂いを嗅ぎながら、人生の隘路《あいろ》を無責任に覗き込むような楽しさがあって心に潜む仄暗《ほのぐら》い欲求を満たすものがあり、思わぬ適性があるのを細井は感じるようになっていた。

そんな細井にとって、警視庁捜査一課帰りの栗秋はもとから関心の外にあり、ほどなく名前も存在も記憶の奥底に沈んだ。だから、県警採用後に総務部情報管理課で一年間の勤務を終えた栗秋が築紫署に配属されたときも、異動者名簿に名前を見かけておやと思った程度だった。その後、歓送迎会でも当直でも一緒になることなく過ごしたため、栗秋に関する細井の予備知識は乏しい。

「警視庁捜査一課か……」想像の及ばぬ部署であり、そこにいた栗秋は異世界の人物としか思えず、知らずため息が出た。

「親父さんに似て穏やかで大人《おとな》しか男らしか。心配せんでよかけん、ぐずぐず言わんでさっさと挨拶してこい」

「課長は父親を知ってるんですか」未練がましく時間を引き延ばすように聞いた。

「当たり前やろが。同じ生安やけん、本部で机ば並べたこともある。それより本当に特捜に行きたいんか。川ばっちゃんを呼び戻しちゃろか」

「とんでもない、栗秋巡査部長に付いて捜査に入ります」慌てて一礼し、課長席を離れた。

　自席に戻って手渡された資料を読もうかと思ったが、課長席から奥村が鋭い視線を飛ばしてきているのを感じ、やむをえず部屋を後にする。同じフロアにある刑事課の前を通り過ぎて階段へと向かった。

　階段室手前の自動販売機で缶コーヒーを二つ買い、階段を下りて庁舎通用口を目指す。通用口の横にある小窓から会計係を覗き、係長の富田《とみた》が不在で目当ての人物一人だけであることを確認してから部屋に入る。

「細井くん、昼食帰り？」

　明るい声が細井を迎えた。一般職員の大石和香子《おおいしわかこ》だ。肩甲骨まである漆黒の髪に透き通った細面の顔、黒目がちの大きな瞳が持ち主の活発さを伝えている。白いブラウスに黒いベストという味気ない事務服でなければ学生のようにも見えるだろうが、明るい声には落ち着きもあって浮ついたふうはない。

一般職員と呼ばれる警察行政職員は、警察官採用試験ではなく県職員採用試験の警察行政職試験に合格した者だ。多くの都道府県がそうであるように、F県でも最終学歴に応じⅠ類、Ⅱ類、Ⅲ類と試験を分けて採用している。今は築紫署の会計係で署の設備を管理している和香子だが、Ⅰ類合格者だからいずれは本部総務部で県警の予算編成を担当したり、県議会の相手をしたりすることになるだろう。和香子の父親は隣県の県警OBで、和香子は大学がF県だったことからF県警に勤めることにしたのだと情報通の同期から耳にした。親子二代で警察に勤める者は思いのほか多く、和香子の年の離れた兄もどこかで警官をやっていると聞いている。警察一家と聞くと腰が引けそうになる細井だが、和香子の魅力の前には敵《かな》わない。

「まあそんなところ。はいこれ差入れ」

缶コーヒーの一つを、和香子の古びたスチール机の上に置く。和香子は礼を言って缶を取り上げたものの、プルタブを開けようとはしない。低カロリーの微糖にしてみたけれど人工甘味料がよくなかったのだろうか、今度は無糖にしてみよう。そう思いながら細井は聞いた。

「刑事課の栗秋巡査部長って知っとう」

「どうしたの突然」和香子は驚いたように細井を見た。

細井と和香子は同期入庁で、細井は警察官職、和香子は行政職と職種が異なるため警察学校で一緒になることはなかったが、それでも同期という気安さはある。加えて細井にはあわよくばという思いがあり、和香子の築紫署配属を知ったときには内心ほくそ笑み、「なんであの子が出涸し署なんだ」と悔し紛《まぎ》れの電話をかけてきた同期に自らの強運を誇ったりもした。

「刑事課には興味ないいんじゃなかった」

「もちろん。俺は洗練されとうけん粗暴なやつの相手はお断り。でも課長命令で栗秋部長と一緒に捜査することになって、それでどんな人かと思って」

「だれが洗練されとうと」和香子が笑う。「でも、何で私に聞くと。刑事課には石田さんがいるじゃない」

「石田ねぇ、あの筋肉バカに聞いても役に立たんやろうもん。それにバリバリの一課志望のあいつとは波長が合わない」

「酷い言いよう」和歌子が吹き出す。よく笑う子だと細井もにやける。

「でも確かに石田さんは今日から霞処署の特捜本部だから、話を聞くのは難しいかもね。いいわ栗秋さんのどんなことが知りたいと」

「ざっとした人となりでいいよ、そんなに詳しいとは思ってないけん」

なんで石田の勤務を和香子が知っているのかと心が騒《ざわ》めき、気が付けば愛想のない声になっていた。しまったと思ったときには遅かった。

「馬鹿にしてる、人に尋ねておいて。だったら詳しい人に聞けばどう」

それまでとは一転した無愛想な声が返ってきて、細井の動揺が大きくなる。するとその動揺を見抜いたように和香子の表情が急に和《なご》んだ。

「冗談よ。もし石田さんのことを気にしとうなら、今朝、特捜に行くんだと張り切って車を取りに来たから知ってるだけ」

笑いを含んだ和香子の言葉に細井は胸を撫で下ろす。

「栗秋さんが警視庁捜査一課にいたことは有名でしょ。うちの署に配属になったとき、鼻持ちならんやつが来るんじゃないかって刑事課の人たちは相当警戒したみたい。刑事課長がわざわざ本部に出向いて『永久出向制度適用者に対する指導方法についてご教示賜りたい』と警務課に食ってかかったそう。要するに、何でこんな面倒な人間を人手不足のウチに押し付けるんだって文句を言いに行ったわけ」

警務課は、情報管理課での栗秋の勤務態度を考慮すれば通常の指導で問題ないと回答したという。

「トラブルを起こすような奴じゃないから安心しろと宥《なだ》められたのね。私も当直で一緒になったことがあるけど、大きな声を出すこともなく手を抜くこともなく、物静かに仕事をしているという感じ。かといって孤高を気取っているわけでもなくて、大人しいとしか言いようがない印象かな」

「外見は」缶コーヒーを一口飲みながら尋ねた。

「細身中背で、髪の長さはふつう。丸顔だけど、頰は少しこけてる」

和香子が手振りで髪の長さや頰の様子を再現しながら答える。その愛くるしい様子に細井がまたにやけていると、厳しい声が後ろから飛んできた。

「こら細井、こんなところで油を売ってるんじゃない」

部屋に入ってきた制服姿の中年男を認め、細井は慌てて凭れていた机から離れ、姿勢を正し一礼する。会計係長の富田だった。

「うちの職員にちょっかいを出すのも大概にしろ。きみもいちいち相手にするんじゃない、こんなところてんみたいなやつ」

「酷い。何でところてんなんですか」

「ところてん細井。なんだか語呂がいいな。透明でするすると摑みにくく、冷たいところもお前にぴったりだ」

細井の文句を富田は軽く笑っていなし、和香子も楽しげに笑顔を浮かべる。もちろんそこに悪意はなく、富田には新人巡査のころ交番で指導を仰いでいた。本来の指導係である当時の交番長、いわゆるハコ長は第二の人生計画作成に余念のない定年間近の警部補で、職務にも新人指導にもやる気がなく、細井はほとんど全ての指導を富田から受けた。だから刑事となった今でも頭が上がらない。

「ぴーちくぱーちくのお喋りなら外でやれ。そうだ、このチケットをやるから誘ってみたらどうだ」富田は机の引出しから白地に青のラインが入ったぴあの封筒を取り出し細井に突き付けた。

「F市の市民ホールで明後日《あさって》上演される、クラシック・コンサートのペアチケットだ。結婚記念日だからって買ったのに、女房は友達と旅行なんだと。リセールもできないから呉《く》れてやる」忌々しそうに富田が言う。

なぜ奥さんの予定を確認してから買わない、と突っ込みを入れるのを踏み止まり、細井はちらりと和香子を見やった。和香子は無表情のまま固まったように机の一点を見つめていたが、黒髪からのぞく耳がほんのり朱に染まっている。それを見て細井は覚悟を決めた。

「ありがたく頂戴します」両手で恭《うやうや》しく封筒を受け取る。

「分かってると思うが不純交遊はいかん。お前は防犯係なんだからな」封筒から手を離しながら富田が真顔で言った。

セクハラですという言葉と俺は相談係ですという言葉が同時に思い浮んで衝突し、結局どちらも口にすることができずに細井はただ頷いた。封筒をスーツの内ポケットに仕舞いながら、明後日の当直を代ってもらう交代要員の顔を幾つか思い浮かべる。

「窓口」と和香子に富田が顎をしゃくった。見ると、ジャケットを手に持った男が受付窓口に立っている。落とし物の届け出か受け取りだろうと細井は思った。会計係は遺失物の保管や返還も受け持っている。

しかし、和香子は男を見るとさっと細井を振り返った。眉を上げ、頭を軽く男のほうに振る和香子の仕草を見て細井は気付いた。栗秋だ。

5

「五番、弁護人接見だ。出ろ」

留置管理課の係員が房の前に立って言った。

五番といえば自分か。回らぬ頭で雄次は考えた。弁護人接見。接見とは面会のことだよな。弁護人が面会に来た？

雄次はゆっくりと立ち上がり、房の出口へと向かった。さして広くはない六畳の雑居房。床は畳で、同房者がその古臭さに文句を言っていた。逮捕慣れしているように振る舞うその男を信じるならば、今の留置場は毛足の短い絨毯敷きが主流だそうだ。

「今どき畳なんて信じられっか？　まったく出涸し署に落ちるなんてついてないよな」

男は自動車の窃盗グループの一人で、仲間同士が同じ留置場に入らないよう幾つかの署に分けて留置されたらしい。一つの事件の共犯者をバラバラに留置することを分散留置というそうだ。「面白いもんで、グループ内のランクによって落ちる場所も変わるのさ」と男は言った。首謀者は県警本部、幹部はF市の市街地にある中央警察署に留置され、下に行くほど市街地から離れた田舎の警察署に留置されるという。男の言に従えば、「出涸し署」に落とされた男は末端の人間ということだ。

「霞処署ならよかったんやけどなぁ。冷暖房完備で風呂は綺麗、シャワーも最新式で天井と壁から同時にお湯が出るってぜ」

訳知りふうに話す男の話を、しかし雄次はほとんど聞いていなかった。自分を取り巻く状況のあまりの成り行きに呆然としていたからだ。

築紫署に連行された雄次は、取調室に入れられた。窓のない四畳ほどの部屋で、奥にパイプ椅子が一つ置かれ、スチール机を挟んで差し向かいに回転椅子、入口扉のすぐ脇にも机と回転椅子があり、こちらの机の上には電話機が載っている。パイプ椅子に座らされた雄次は、理事長室と同じ話を繰り返したが、川畑は首を横に振った。

「あのなあ堀尾さん」川畑が机に身を乗り出して言う。「陽真くんには硬膜下血腫があったんよ。誰かが暴力を振るわんと血腫なんてできんやろうが。誰が暴力を振るったとね。奥さんか、違うやろうが。奥さんは友達の家に行っとったんやろ。あんたしかおらんやろう。それともなんね、陽真くんが勝手に頭をぶつけたとでも言うとね」

　雄次は言葉に詰まる。確かにそうだ、真希はいなかった。

「でも俺はやってない！」雄次は叫んだ。

　そんな雄次を川畑が困ったように見る。

「あのな堀尾、さっき児童相談所の人が三徴候て言いよったやろ。三徴候が出たら、その子と最後におった大人が暴力を振るったって分かると。そう医学的に、科学的に分かるったい。増田病院の先生が陽真くんに三徴候があったと断言しとっちゃけん、科学的にあんたがやったとしか考えられんたい」

「でも俺は知りません！」雄次は両手を机に叩きつけて叫ぶ。

「おい堀尾！　きさん大概にしとけよ、それでも人の親か！」

川畑が怒鳴った。大声で怒鳴られ、驚くとともに体が縮こまるのを雄次は感じた。最後に怒鳴られたのはいつだ。営業先で怒鳴られたことはあったか。いいや執拗にクレームを付けられることはあっても怒鳴られたことはない。上司からはどうだ。上司も声を荒げることはあっても大声を出すことはない。ひょっとしたら怒鳴られたのは、学生時代以来じゃないか。大声で怒鳴られるというのは、こんなにも恐ろしいことだったか。

雄次は突然、密室に恐怖を覚えた。両側の壁が川畑と一緒になってのしかかってくるようで、息が詰まり視界が暗くなる。涙が自然と目から溢れた。

その様子をじっと見ていた川畑が、がらりと口調を変えて優しく言う。

「お前の気持ちも分かるったい、二ヶ月の子にケガさせたなんて恥ずかしくて言えんとやろ。ばってん、やったことは素直に認めないかん」

「違います、私じゃない」喘ぎながら答えるが、川畑はまた首を振った。

「落ち着いて考え。飯ば取っちゃるけん、ここで食べ。食い終わったらまた話そうな」

「帰らせて下さい」勇気を振り絞って雄次は言ったが、あっけなく却下される。

「そげんことはできん。話すまでは帰れんばい。よかね、飯を食って落ち着いて考え、三十分後にまた来るけん。携帯は預からせてもらうばい、奥さんと口裏合わせされたら困るけんな」諭すように言って川畑が立ち上がった。

目から止めどなく涙が溢れ、頬を伝って落ち、雄次のズボンに染みを作る。そんな雄次を川畑は冷ややかな目で見下していたが、やがて雄次が逃げることはないと判断したのか取調室を出て行った。

すぐに若い女性の刑事が弁当を持って現われ、雄次に弁当代を請求する。しかし雄次は反応もせずにただ涙を流し続け、刑事はため息をつくと雄次の前に弁当を置いて出ていった。

やがて涙は止まったものの雄次は何も考えることができず、弁当に手を付けることもできず、川畑が戻ってくるまで身じろぎ一つしなかった。

「どげんや、正直に話す気になったか」戻ってくるや川畑は雄次に声をかける。

川畑は先ほど弁当を差し入れに来た刑事を連れていて、刑事は入口扉すぐ脇の席に座った。雄次の前に置かれた弁当はすっかり冷めてしまっている。

「帰して下さい。でなければ弁護士を呼んで下さい」疲れ切った声で雄次は言う。

三十分を一人で過ごす間に著しく疲弊していて、早く陽真の姿を見たいと思い、そうでなくとも家に返って横になりたいと思った。

「お前、この三十分の間なんばしよった。全然反省しとらんとやないか。そんなんで家に帰れると思っとうとか」怒りを漂わせながら川畑が雄次に言う。

「帰して下さい帰して下さい帰して下さい」壊れた機械のように雄次は繰り返した。

川畑が若い刑事を振り返る。刑事は電話機の受話器を取り上げ「届いたらお願いします」と告げて切る。三人が動かないまま喋らないまま時間が経ち、やがて扉がノックされ、座っていた刑事が取調室の外に出てすぐに戻る。戻ったときにはＡ４用紙三枚ほどの書類を手にしており、それを川畑に渡した。川畑は書類にざっと目を通してから雄次の顔に突き付ける。

「堀尾雄次。傷害の被疑事実で逮捕する。これが逮捕状だ」

帰宅を拒否されたときからもしやと思っていたことではあった。それでも雄次は、川畑の告げた「逮捕」の一言を遠い世界の現実感のないものとして聞き、そこから先、川畑の言葉はひどく歪んで間延びして聞こえた。

「これから手錠と腰縄を付けるが、いいか抵抗するなよ」

川畑の傍《かたわ》らに立った刑事が、どこから出したかいつの間にか縄付きの手錠を構えている。その手錠を見た瞬間、雄次は反射的に立ち上がった。

――逃げなければ。逃げなければ帰れない。帰るんだ、この部屋を出て帰るんだ。

遅れてきた思考が雄次の頭の中で渦巻く。

「抵抗するかぁ！」川畑の怒鳴り声が響いた。

怒声に押されたかのようにふらふらと雄次はパイプ椅子に腰を下ろす。

「そう、それでよか」川畑が頷き、傍らの刑事に目配せを送る。刑事は雄次の両手に手錠を嵌《は》め、縄を素早く雄次の腰に回して結ぶ。

冷たい手錠が手首に触れ、カシャシャと音を立てて環が閉まった瞬間、雄次は、自分が罪人になったことをようやく現実として認識した。

6

《そう。要はSBS案件を積極的に掘り返して欲しいってことだ。刑事部生安部問わず児童虐待案件で、これぞSBS案件ってやつをアゲて欲しい》
「アゲる」には、検挙するという意味の「挙げる」と、報告を上げるという意味の「上げる」の二つの意味を含んでいるのだろう。田部の声を聞きながら大石敬一郎《おおいしけいいちろう》は考えた。額に納められた日章と旭日章、それにF県章が壁に掲げられた警察本部警務部長室の執務机で、大石は受話器を耳に当てて田部の耳に障《さわ》る高い声を聞いていた。
「それだと刑事部長と生安部長を通す必要があります。こちらの本部内で公になりますがよろしいですね」

《虐待案件の摘発励行というところはな。その点は追って生安局から通知を出させようと考えてる。協会を起《た》ち上げる話はお前限りだ。わざわざ電話して説明してやったのは、内情を知っていたほうがお前も動きやすかろうと思ったからだ》

「それはどうも」皮肉な口調にならぬよう気を付けながら答える。

田部は危険な男だ。体軀が小さくその割には手足の長い猿のような男で、顔も猿そっくりだ。警察庁に勤める東大同窓の集まりで初めて会ったとき、豊臣秀吉はきっとこんな男だったに違いないと思い、権力欲の強さも秀吉並みであることをその後の付き合いで知ることになる。もっとも、人たらしと言われた秀吉と違って田部は著しく人望に欠けており、誰もが田部の足下に穴を掘ってやろうと狙っていた。

しかし信じ難い現実として田部は長官官房で人事二課長の地位にあり、それだけ田部の世渡りが巧みだということだ。キャリアの人事を扱うのは二課ではなく一課だが、一課長には二課長経験者が就くことが慣例化している。もちろんキャリア人事の最終決裁権は警察庁長官にあるが、その原案を作るのは官房長と人事一課長で、田部がいずれ一課長の座を得る可能性がある以上、田部の意向には逆らわないのが得策といえた。少なくとも田部が出世競争から脱落するような失策を犯すまでは。

「分かりました。刑事部長と生安部長に話してみましょう。本部長には協会の話を含めて耳打ちしますが、構いませんね」

田部が考え込んだようだったので、大石は言い添える。

「いくらなんでも本部長に断りなしに刑事部長や生安部長に話を持っていけませんよ」

《永芳《ながよし》さんの大学はどこだ》

「本部長ですか。東北大です」

《そうか……》田部が沈黙した。

田部の頭の中で天秤が揺れている。片方の皿には、東大閥でない者に情報を漏らすことへの反感と不安。もう片方の秤には、東大閥でない者ならば手柄を横取りされて長官レースを妨害されることはないという侮りと安心。天秤の揺れ動く様が大石には目に浮かぶようであった。だからあんたは駄目なんだよ、と大石は独りごちた。学閥を気にかけるのは悪くはないが、それに縛られては目が曇る。東大閥以外は長官になれないという話はすでに過去のものなのに、この男はそれが分かっていない。

《分かった。永芳さんには話していい。だが忘れるなよ、お前だから協会の話をしたんだ。他のやつらに漏れぬよう、しっかり永芳さんを管理しろ。本来ならチョウのポストにセイのお前が座れたのは、俺のヒキがあったからなんだからな》

厚かましい田部の言い分に大石は吹き出しそうになった。確かにF県警の警務部長には警視長が就くのが慣例で、警視正の大石が就くのは異例といえる。しかし、これまでにも警視正の警務部長がいなかったわけではないし、何より大石が警務部長に就任したのはF県警の改革を官房長から期待されてのことだ。断じて田部のヒキ、人脈によるものではなかった。

田部の言う「他のやつら」とは、長官レースを争う田部の同期たちのことだろう。人事二課長という地位からすれば田部にも長官の目がないとは言えないが、こいつの人望のなさはどうだ。視野の狭さはどうだ。驕りの強さはどうだ。こいつが長官になることはありえない。大石は確信し、確信したことを隠すために諂《へつら》って見せた。

「もちろんです、先輩にご迷惑をかけることはしませんとも。ご期待に応えて見せますよ」言ってから愛想笑いを送話口に吹き込む。

《しっかりやれよ》電話が切れた。

大石は受話器を戻しながら苦笑した。なんでこいつに気に入られたのだろう、すっかり俺のことを配下と思い込んでやがる。

大石はこれまで警察庁内部の権力闘争に加わっておらず、自分ではどの派閥にも属していないと考えていた。ただ場当たり的に愛想を振りまいてきただけで、そんな自分を指差して八方美人とか日和見主義とか陰口を叩く同期がいることは知っている。それはそれでよい。大石は警察の仕事が好きだった。捜査権という権力を市民に行使することの快感。警察という治安組織に帰属しているという安心感。二十六万人という警察職員を統率するキャリア五百人の中の一人という選良意識。東京にいれば霞が関で日本という国の中枢にいることを実感できるし、地方に行けば自治体警察を思うがままに操ることができる。全てが大石のエゴイズムを満たすに足りるものだった。

大石自身そのことをよく自覚しており、雑務は多いもののそれを補って余りある陶酔をもたらしてくれるこの仕事を失いたくないと常日頃から意識していた。だから大石は、自らの小帝国を守るために派閥の領袖たちに愛想を振りまき、好まれはせずとも嫌われもせぬよう立ち回っていた。そのためには媚びへつらうことも苦にならなかった大石にとって、八方美人、日和見主義と後ろ指を差されることは取るに足らないことだ。俺は今持てる権力をとことん味わう。それが大石の基本方針だった。

――それにしても。

ふたたび大石は思った。田部に近付きすぎている。こちらから近付いたわけではないが、ここまで田部に頼られるとは計算外だ。田部には人望がなく、だから自分のような日和見を手下と見做《みな》して指示を与えるのだろうが、自分に頼るようでは田部の先は長くはない。ここら辺で縁を切っておかねば後々困ったことになるかもしれない。

壁に設置された在室表示盤を見上げ、本部長の在室ランプが点灯していることを確認する。今の時間、来客の予定もなかったはずだ。

腰を上げて本部長室へと向かい、秘書室長に断ってから部屋に入った。顔を上げた永芳に田部からの電話の要点を話す。

「SBS防止協会?」

「はい」

「人事二課の田部くんの話か。まあ児童虐待はかねてからの懸案事項だがね、わざわざ刑事部や生活安全部の尻を叩かねばならん話かな」

「正直、田部さんが突っ走っているという印象ですね。本庁で生安局を突ついて内部通知を出させると言っていました」

「それなら通知が出てからでいいだろう。何もF県警だけが突出する必要はない」

足の沈み込むような濃紫の絨毯が敷き詰められた部屋の主を、永芳が前任者から引き継いで二ヶ月が経過していた。そろそろ組織の掌握に自信を持ち始める時期だろうが、それでも不急の指示を出して生え抜きの刑事部長や生安部長に余計な負担をかける真似はしたくないのだろう。

「それとも、田部くんに義理立てする必要が大石くんにはあるのかね」永芳は興味深そうに大石を見つめた。

一見どこの会社の窓際にも一人はいそうな中年社員ふうだが、その外見とは裏腹に永芳は油断ならない策士だとの評判だ。五十代前半で警察庁の局長ポスト待ちであるF県警本部長に就任したことからも、永芳が長官レースの先頭を走っていることが分かる。

「まさか。田部さんには何の義理もありません。ただ直接に話を貰ったものですから、一応、本部長にお知らせしておこうと思いまして」

「それだけかな。田部くんとは仲がいいらしいじゃないか」

「ご冗談でしょう。たまに連絡を下さるくらいですよ」

好奇心に満ちた視線を向けてくる永芳に答えながら、心の内で大石は冷や汗を流していた。このままでは田部シンパと見做されかねず、そうなれば田部が失脚したときは一蓮托生となってしまう。そんなことはまっぴら御免だった。

しかし田部が直に大石に連絡を取ってきた事実が変わるものではなく、永芳から見ればその事実だけでも大石を田部シンパと考えるには十分だろう。田部が今後催促してきたときの言い訳に使えるよう本部長を巻き込んでおこうと注進に及んだが、やぶ蛇になったようだ。だが、いい機会かもしれない。

「正直、田部さんからの連絡には面食らいました。事件関係の話を警務部長の私にされてもどうしようもないですから。刑事部には刑事部の、生安部には生安部の考えがあるでしょうし。あの人は本庁のバックヤード勤めが長いせいか、現場が分かってないようです」

これ見よがしにため息をつく。芝居がかった動作だが、案の定、永芳の目が微かに驚きで丸くなり、一段低くなった声で永芳は大石を問い質した。

「君としては、田部くんの電話は本意ではないということかね」

「当然です。F県警の指揮系統に関わることです」

今はこれで十分、これ以上踏み込むのは逆に危険だ。絶妙なバランス感覚で大石は言葉を押し止めた。

「そうか」永芳の瞳で光が煌めいたように大石には見えた。策士としての永芳が放った煌めきだ。永芳はしばらく押し黙っていたが、やがて組んでいた腕を解くと椅子に深く腰掛け直し、慎重に言葉を選ぶように言う。

「田部くんからの連絡については留意しておこう。具体的な対応は内部通知が出されてからでいい。だが、わざわざ連絡をくれたんだ、大石くんも無下《むげ》にはできんだろう。

内々に刑事部長と生安部長に伝えてもらって構わない。しっかり田部くんに恩を売っておくことだよ」

永芳の意外な言葉に、大石は眉を顰《ひそ》める。田部シンパになるつもりはないという絶縁宣言は永芳に伝わったはずだが。大石の困惑を見抜いたように永芳が笑った。

「どうなるか見てみようじゃないか。今聞いただけでも、ＳＢＳ理論というのは実に怪しい。ケガの症状から虐待者まで分かるって言うんだろ？　君と一緒で私も刑事部の現場にいたことがあるが、そんな都合のよい科学理論があるとは思えん。まあ、どっちに転んでもうまく使えるよ、これは」

永芳の顔に浮かんだのは、福顔に似合わない、禍々《まがまが》しい笑みだった。

7

「堀尾の取調べはいいんですか」

細井は増田病院に向けて車を走らせながら、隣に座る栗秋に尋ねた。

「弁護士が来て接見してますので、午前の調べは難しいと思います。それに弁録と身上調書はきのう川畑さんが作ってくれていますから、先に関係者を当たるのも悪くないと思います」

何がそんなに嬉しいのかと訝しくなるくらい、にこやかに栗秋が答える。

窓口に立つ栗秋を見たとき、自分を探しにやって来たと細井は思ったが、そうではなく車両の借り出しだった。細井は慌てて栗秋に挨拶をし、奥村課長から栗秋に付いて捜査に当たるよう命を受けたことを伝えた。

「ああ、あなたが」と栗秋は頷き、「丁度よかった。今から関係者に話を聞きに行きます」と和香子から受け取った車の鍵を細井に翳《かざ》して見せた。細井が刑事課に来ないので痺れを切らしたかと心配になったものの、栗秋の態度には機嫌を損ねている様子は窺えず、噂どおりの大人しい人らしいと細井は安心する。

整髪料を付けずに髪を左右に自然に分け、ややこけ気味の顔。大きめの目と薄い唇が、チノパンに紺色の長袖ポロシャツという格好と相俟《あいま》って若《わか》やかな印象を与える。和香子が言ったとおりの細身で、笑みを浮かべた姿は厳《いか》つい猛者の多い刑事課の人間とはおよそ思えなかった。それになぜ敬語なのだろう。

「あの、栗秋部長、なぜ自分に敬語なんです」

「理由は特にありません。強《し》いて言うなら使い慣れてて話しやすいから」

「巡査部長が年下の巡査長に敬語を使うのって問題ありませんか」

「私が気にしないなら問題ありません。それより細井さんは元は東京の人ですか。さっきから標準語ですが」

「そりゃ上司が敬語を使っているのに、自分が方言丸出しだとおかしいでしょう」

「東京出身というわけではない」

「両親は関東の人間で父が転勤族でした。F県が気に入って、こっちに居を構えたんです。だから私は東京生まれのF県育ちです」

「なるほど」さも合点がいったというように笑みを浮かべたまま栗秋は頷いた。

栗秋さんもF県出身ですよね、と聞きそうになり細井は言葉を呑み込んだ。父親がF県警の警察官だったのだから、栗秋がF県出身であることは自明のことだ。それに出身の話になれば栗秋の父親の話になりかねない。自殺したという噂の真偽が不明である以上、初対面で話すには余りに機微《きび》に触れすぎる話題だ。

細井にとっては気詰まりな沈黙が車内を支配する。目だけを動かしてちらりと栗秋を見ると、笑顔のままフロントガラスの向こうを見つめている。細井はそっと息を吐き出した。

「この事件、どうします。被疑者は否認してるようですが」

「そうですね、川畑部長の報告書では暴行の事実自体を否定しているようです」

逮捕状の被疑事実には、被疑者である堀尾雄次が、長男の陽真に対し、その頭部を激しく揺さぶり体を放り投げる等の暴行を加え、もって全治二ヶ月を要する硬膜下血腫等の傷害を負わせたとあり、これは川畑が逮捕状請求書に記載したものがそのまま転記されていた。

「二ヶ月の赤ちゃんに暴力を振るっておきながらそれを認めないなんて、とんでもない奴ですね」細井の言葉に自然と憤りが籠もる。

「留置場で頭を冷やせばそのうち認めるんじゃないですか」

「そうかもしれませんね。でもせっかく割り振られた捜査ですし、できることはやっておきましょう」

それに、と栗秋は付け加えた。

「自白に頼るのは最後の手段です。まずは客観的なところを押さえましょう」

細井は思わず栗秋の顔を見た。自白に頼るのは最後だって。そんなおためごかしを刑事課の人間から聞かされるとは思わなかった。

犯罪現場で何が行なわれたのか、それを知るには行為者本人に直接聞けばよく、つまりは自白を引き出すのがもっとも早道だ。冤罪だの巻き込みの危険だのは裏付け捜査で防止できるのだから、それを理由に自白を軽視するのは本末転倒だ。「自白は証拠の王」という言葉は、いつの時代でも真理なのである。多くの捜査員同様、細井もそう信じて疑っていない。

——警視庁捜査一課帰りという割には、ずいぶんと軟弱な。

取調べを後回しにして関係者の事情聴取を先に行なうというのも、単に取調べに自信がないだけかもしれない。腕利きの刑事ならさっさと自白を引き出し、その裏付けをさっとやって捜査を終えるはずだ。細井はいささか白けた思いで栗秋に尋ねた。

「増田病院では具体的に何をするんですか」

「児相に通告した小児科医に話を聞きましょう。ちょっと気になることがありまして。アポはとってあります。病院の理事長医師も我々に会いたがっているとのことですから、続けて話を聞きます」

「気になること、ですか」

「逮捕状請求書の疎明資料ですが、暴行に関係する資料はカルテと川畑さんの事情聴取結果報告書だけでした。その報告書は小児科医の高橋先生から聞き取った内容をまとめたものです」

細井は出発前に慌てて目を通した書類の記憶を呼び起こした。確か、硬膜下血腫は陽真と最後に一緒にいた雄次が強く陽真を揺さぶったことにより生じたものと考えられる、という内容で特に不審な点はなかったはずだ。考え込んだ細井に構わず栗秋が続ける。

「血腫についてはCTの写真があったのですが、暴行の痕跡を示す外表写真はなく、揺さぶりが加えられたことを示す写真もありませんでした」

「そうでしたね。でも医者の供述があるなら間違いないでしょう」

「私もそう思います。だからまあ何と言うか、ちょっとだけ気になる、といったところなんです」右のこめかみを右手で掻きながら、照れ臭そうに栗秋が言う。

——大丈夫かな、この人。

被疑者の取調べを後回しにし、それでいて明確な捜査方針も持たずに関係者に話を聞こうとしている。細井は心配になった。刑事課はなぜこの捜査に栗秋を割り振ったのだろうか。この調子では、生活安全課の応援捜査ということであまり役に立たない刑事を投入したのかもしれない。出涸し署の出戻り刑事。その程度の人間で十分という判断なのだろうか。

考えてみれば栗秋が捜査本部に入っていないというのもおかしな話だ。警視庁捜査一課といえば強行犯捜査にかけては全国一、いや世界一ともいわれる集団である。そこにいた人間が捜査本部に引っ張られることなく、他の課から回ってきた傷害事件を捜査している。やはり能力に問題があるとしか思えず、ひょっとして警視庁を辞めてF県警に移ったのも能力不足だったからではないか。警視庁捜査一課でやっていくには栗秋はあまりに線が細く、能力も足りておらず、本人もそのことに気付いた。だからF県警に永久出向制度ができたと知ってそれに応募した。能力に難ありとバッテンを付けられてどこか田舎に飛ばされ、一課への復帰の目もないまま定年まで勤務するという悲哀を味わうことなく、警視庁捜査一課出身という箔《はく》を付けたままF県警で働くことができる。そんな打算を栗秋はしたのではないかと細井は疑った。

――自分がやるしかないな。

細井は、諦めにも似た気持ちで覚悟を決めた。栗秋に期待できないとなると、この事件は自分が決着をつけるしかない。もともと生活安全課が端緒を掴んだ事件だから、最後まで生活安全課が仕切るのが筋というものだ。うまく栗秋をコントロールして起訴まで持っていかねばならない。

「どんなスケジュール感で行きましょうか」

「スケジュール感？」栗秋が怪訝そうに問い返す。

「昨夜の逮捕ですから、送検は明日。送検の翌日に勾留質問で明後日から十日間の勾留です。勾留延長の十日間も入れると明後日から二十日間で起訴しなければなりませんから、どんな感じで捜査するか決めておいたほうがよくないですか」

「できれば勾留延長することなく終わらせたいですね。うちの署は人手不足みたいですので、一つの事件を長引かせるわけにはいかないでしょう。細井さんも私も他の事件も抱えていますし。でもまあ慌てるのもよくありません。まずは関係者にひと通り話を聞いて、被疑者も調べてから協議しましょう」

先送りにしたな。栗秋の答えに細井は歯がゆく思ったが、どうなるものでもない。気持ちを切り替え、夏の熱を帯び始めた陽差しを腕に感じて運転しながら、増田病院で聞くべき事項のリストを頭の中で作り始めた。

増田病院小児科棟の受付で用向きを伝えると、案内の人間が来るので待つように言われた。受付前のロビーには薄桃色の三人掛けベンチが三列五行に並べられている。右の最後列が空いていたので栗秋とともに細井はそこに座った。掲示されている担当医表を見ると、第一から第三まである診察室の、第二診察室の午後欄に高橋の名前がある。

外来診療を担当しているならばかなり待たされるかもしれないと、細井は長い待ち時間を覚悟したが、案に相違してすぐに看護師が現れ、二人を「カンファレンスルーム」のプレートが付けられた部屋へと案内した。リノリウム床の八畳ほどの広さの部屋で、中央に会議用長机が二つ向かい合わせで置かれており、その端にはＬＡＮケーブルに接続されたノートパソコンと大型液晶モニターが置かれている。

退室する看護師と入れ替わりに青色の手術着を着た青年が現れた。笑顔を浮かべているものの一見して生硬《せいこう》さが見て取れる。小児科医の代名詞である職業的笑顔を身に付けつつあるが、まだ緊張を隠し切るには至っていない、そんな若手医師の顔だった。

「高橋です」青年が栗秋たちの正面の椅子を引きながら名乗る。

細井たちが立ち上がり用意していた名刺を差し出すと、高橋は立ったまま頭を下げて受け取った。

「あの、川畑さんという刑事さんは」

皆が席に座ったところで高橋が、栗秋の名刺を見ながら困ったように尋ねる。

「別件にかかっておりまして私たちが引き継ぎました。何か不都合でもありましたか」

「いえ。ただ、川畑さんは山口さんのお知り合いと聞いていましたので」

「児童相談所の山口さんですね」

答えた栗秋が細井を見たので、細井が会話を引き取った。

「川畑は、児童相談所との勉強会なんかにも出ていますから、そこで山口さんと知り合ったんでしょう」

「ええ、ですからその方だったら話が早いと思ったのですが」

「大丈夫ですよ、私も川畑と同じ生活安全課で児童福祉法には詳しいですから」

細井が安く請け負う。それが高橋の気に触ったようだ。

「そうですか。じゃあSBSのことや三徴候のこともご存じですよね」

職業的笑顔のまま高橋が反感を含んだやや意地悪げな口調で言った。

「SBS?」聞き慣れぬ略語に細井が聞き返す。

細井の反応に今度は高慢ともいえる笑みが高橋の顔に浮かぶ。高橋が口を開こうとした直前、こちらも職業的な笑顔で栗秋が割って入った。

「三徴候というのは初耳ですが、SBSは乳幼児揺さぶられ症候群という病気のことではないでしょうか。川畑の報告書にはSBSの文字はありませんでしたが、乳幼児揺さぶられ症候群との診断名は記載されていました」

機先を制されたらしい高橋の顔から高慢さが消える。それにしてもわざわざ英略語で言う必要はないだろう、SBSではなく乳幼児揺さぶられ症候群の名前ぐらいなら自分でも知っている。内心むくれる細井に関心を失ったように、高橋がやや意外そうな面持ちで栗秋を見てから尋ねた。

「川畑さんの報告書というのは」

「高橋先生からお伺いした話を川畑がまとめたものです。その報告書には『小児科医である高橋医師が他の医師二名とともに堀尾陽真を診察したところ、硬膜下血腫を認めた。同血腫は、同人と最後にいた成人すなわち父親である堀尾雄次の暴力的揺さぶりによって生じたと考えるのが合理的であると高橋医師は診断した』との記載がありました」

「なるほど。川畑さんは三徴候のことまでは書いていないのですね」

高橋は真剣な表情になり、置かれていたノートパソコンの電源を入れた。無言でマウスを動かし、それから腕を伸ばして机の端にある大型液晶モニターの電源も入れる。液晶モニターにレントゲン写真らしき映像が映し出された。白くくっきりとした楕円の中に、うっすらと大脳らしきものの影が写っている。ノートパソコン上の画面が液晶モニターに複製されて映し出されているようだ。

「これは手術前、陽真くんの頭部を体軸と垂直方向に輪切りに撮影した画像で、少し歪んだ白い円が頭蓋骨です」

高橋が右手人差し指の指先でマウスのホイールを転がすと、液晶モニターに映し出された頭蓋骨の直径が大小に変化した。

「このように頭頂部から顎に向けて層状に何枚も撮影しています」

高橋はマウスのホイールを動かし続け、やがて指先を止めた。

「この画像が分かりやすい。右上にある、ポインタのところを見て下さい。白い靄《もや》のような影があるのが分かりますか。これが血腫です」

高橋は円を描くようにマウスを動かし、同調してポインタが画面上で円く動く。

「硬膜下血腫は打撃など直接に外力が作用した場合のほか、揺れや回転運動が脳に加えられることによっても生じます」

液晶画面が切り替わり、大脳と頭蓋骨が描かれたイラストが映し出された。頭蓋骨の下半分に大脳が納まっている様子を斜め上から描いたイメージ図だ。

「脳というのは、水を張った桶あるいはボウルの中に浮かんだ豆腐のようなものです。桶が頭蓋骨で、水が脳脊髄液という体液です。桶が揺れると豆腐も揺れる。桶を左右に激しく揺らすと、水に浮かんだ豆腐は桶の動きから少し遅れて動く。さらに激しく揺らすと、遅れて動く豆腐はいずれ桶の内側にぶつかります。こうやってできるのが対側《たいそく》損傷と呼ばれる脳挫傷です。挫傷した脳から出血すると、それが溜まって血腫になる」

対側損傷は法医学講習で習った覚えがある。警察学校の捜査専科研修で受けた講義内容を思い出し、細井は辛うじて高橋の話についていくことができた。栗秋を見ると変わらず笑みを浮かべたままだ。元捜査一課員にしてみれば、この程度の知識は常識の範囲内なのだろう。

　高橋は次のイラストを画面に映し出した。頭蓋骨を体軸と平行に切ったイラスト図で、頭蓋骨の頭頂側から大脳に血管が伸びている。

「もう一つ。頭蓋骨の中で脳を支えるために、大小の血管が脳に伸びて脳を吊り下げています。その血管の中で最も大きいのが架橋静脈と呼ばれるもの。このイラスト図は、大脳という豆腐が頭蓋骨という桶の中で、架橋静脈によって吊り下げられている様子を描いたものです」

　高橋はノートパソコンから顔を上げて理解を確かめるように二人の顔を見た。細井は軽く頷き、栗秋も頷いた。

「左右の回転でも上下の回転でも構いませんが、とにかく脳に回転運動が加わると架橋静脈をはじめとする大小の血管が捻れたり伸び縮みしたりします。それが限度を超えると血管は破断して出血し、血腫が形成されます」

　陽真くんの血腫も、対側損傷か血管の破断かいずれかの原因で生成されたものだろう、と言って高橋は話を結んだ。

「どちらの機序でできたのか特定はできないのですか」栗秋が聞く。

「残念ながら。陽真くんについては穿頭、頭蓋骨に穴を開けて血腫を取り除いたのですが、その後に新たな血腫の発生や頭蓋内圧の亢進《こうしん》は認められていません。従って血腫の原因となった出血はもう治まっていると判断できるのですが、どこから出血していたのかは判断できません。個人的には、大出血を伴う架橋静脈の破れはなかったろうと思っています」

「放っておいて治るものなんですか」思わず細井が口を挟んだ。

「放っておくというのではありません。そりゃ挫傷が大きければ挫傷部分を切除することはありますし、大きな血管が破綻していれば結合したりもします。しかし陽真くんにそのような明白な損傷は認められなかった。それに乳幼児の場合、脳も血管も成人に比べて極めて小さいため切除や結合はかえって危険だ。治癒力も強いので大きな損傷がない限り経過観察を第一とし、脳圧亢進が認められる場合に血腫を除去して脳圧降下を図り脳浮腫への対応を行なうのが一般的です」

陽真の治療を非難されたと思ったのか、高橋の目付き口調がきつくなった。細井にそんなつもりは毛頭なかったのだが、どうにもこの高橋とは波長が合わないらしく、余計なことは言うまいと細井は口を噤《つぐ》んだ。栗秋が話を続ける。

「父親の虐待によって血腫ができたと判断した根拠は何でしょう」

「陽真くんには硬膜下血腫に加え、網膜出血、脳浮腫という症状が見られました。これら三つを合わせて三徴候と呼びます。小児科の診断基準マニュアルでは、三徴候が見られた場合は患者に暴力的揺さぶりが加えられたと診断してよいとされています」

高橋は、一九九〇年代に「三徴候があれば揺さぶりによる虐待が存在したといえ、その虐待は最後に一緒にいた大人により加えられたと考えられる」というＳＢＳ理論が確立されたと説明した。

「かつては多くの虐待が見逃されてきましたが、このＳＢＳ理論のおかげで欧米では虐待の補足率が飛躍的に高まりました。日本では導入が遅れていましたが、二〇〇〇年代になってから我われ日本の小児科医の間でもＳＢＳ理論の重要性が認識されはじめ、最近ではこのＳＢＳ理論を活用しようという動きが行政にも広まっています」

児童虐待防止法の改正も虐待補足率の向上に一役買っていると言う。

「小児科はその性質上、虐待を受けたと思われる児童を診察する機会が多くあります。以前は法律上医師に課せられた守秘義務との関係から、そのような児童を診察しても医師が勝手に通告することは難しく、通告をためらう医師が多くいました。しかし法律が改正されて、虐待を受けた疑いのある児童を発見した場合、医師は親や児童の同意がなくても児童相談所や福祉事務所に通告すべき義務があると定められ、通告しても医師の守秘義務に反しないと明示されたんです」

この法改正により医師が躊躇なく児童相談所に通告することができるようになったと、高橋はどこか誇らしげに続けた。

「うちの増田なんかは抵抗があるようですが、それでも法律には逆らえませんからね。ですから、私も三徴候を発見して直ちに児童相談所に通告したわけです。勉強会や研修会を通じて山口さんとも知り合いでしたし」

児童相談所や福祉事務所と有志の小児科医が月に一回集まり、児童虐待に関する勉強会を開いていると高橋は言った。県警生活安全部からもオブザーバーとして捜査員が参加することがあると言う。

栗秋が視線を送ってきたので細井は頷いた。勉強会のことは川畑から聞いていたし、実際に勉強会に誘われたこともある。「医師もケースワーカーも来るけん、ネタモトを開発するにはうってつけたい」と言っていた。別の用事があって断ったが、川畑にとっては勉強というよりも情報提供者の開拓場らしい。

「確認ですが、陽真くんが父親の堀尾雄次から暴力を受けたのは間違いないと」

「はい、三徴候からしてそう判断できます。それに父親は、『居眠りから覚めたら子供がぐったりしていた』という理不尽な説明を繰り返しています。直前に暴行を加えたのでなければ三徴候は起こりえません。彼は嘘を吐《つ》いてるんです。虐待親は、自分の犯罪を隠すために恥ずかしげもなく作り話をするものです。嘘を吐いていることこそ、彼が暴行を加えた証拠ですよ」高橋は栗秋の目を見てきっぱりと断言した。

　他に尋ねることがあるかと栗秋が細井に目顔で聞いてきたので、細井は思い切って尋ねた。

「陽真くんは電動スィングで寝ていたそうですが、スィングの揺さぶりで血腫ができたということはありませんか」

　高橋は軽蔑の眼差しを隠そうともせずに答えた。

「ありえません。三徴候は、極めて強い力が働かなければ起こりえないんです。成人男性が乳幼児を殴ったり壁に叩きつけたりするような強い衝撃です。だいたい、頭に血腫ができるような商品が市販されると思いますか」

　考えて物を言え、と言わんばかりの高橋の態度に怒りが湧いたものの、確かに重篤な傷害をもたらす製品が乳幼児商品として堂々と売られているとは考え難い。納得した細井は栗秋に頷いて見せる。

「分かりました。供述調書を作成する必要がありますので、その際にはご協力をよろしくお願いします」栗秋は事情聴取を切り上げた。

このあと増田の部屋へ案内するので職員が来るまで待つように言い残し、高橋は部屋から出ていった。

「とっつきにくいけど真面目そうな先生ですね」

細井は感想を述べたが栗秋の返答がない。細井が栗秋を見ると、心なしか栗秋の笑顔が引き攣っているように見える。

「何か」栗秋の様子を不審に思い、細井が聞く。

「いや昔の事件を思い出しまして」

「警視庁の一課時代ですか」好奇心が露《あら》わな細井の問いに、栗秋の顔に苦笑らしきものが浮かぶ。

「ええ、一課から所轄の応援に派遣されたときのことです」

「どんな事件だったんです」

「やはり傷害事件でした。まあいろいろとあって被疑者死亡の書類送致で終了。それより私が警視庁捜査一課にいたことは結構知られているものなのでしょうか」

誤魔化すように栗秋が話題を変えたが、捜査中に被疑者が死亡したのならば捜査に不手際があった可能性が高く、栗秋が詳細に触れられたくないのも分からないでもない。それより栗秋の質問に細井は驚き呆れ、わざとらしく目を見開いて軽い調子で言った。

「当たり前じゃないですか。永久出向制度第一号ってだけでも珍しいのに、警視庁捜査一課からの異動ですからね。新聞にも載りましたから」

「らしいですね。でも私はその新聞を読んでいないんです」

いいタイミングだと細井は覚悟を決めて尋ねた。

「なんで東京から戻ってきたんです。捜査一課でしょう、もったいない」

「もったいない、ですか。あそこはあそこでストレスの多い職場なのですが」

ふたたび苦笑を浮かべて栗秋が言った。

「私がこっちに戻った理由は、新聞には出ていませんでしたか」

「はいそこまでは。まあ永久出向制度の説明として、育児や介護などの事情で他県警を退職する警察官を採用する制度って書いてあったんで、何か家庭の事情だろうとは想像がつきましたけど、栗秋さんの具体的な異動理由までは載ってなかったと思います」

「なるほど、プライベートなことなので新聞も遠慮したのでしょうね。私がF県警に入庁したのは、母の介護のためです」

「お母さま?」

「数年前から軽い認知障害を患っていまして。子供は私と妹だけで、妹はもう嫁いでいますから私が面倒を見るしかない。幸い私は独り身でしたから、F県警が永久出向制度を設けたのを知って応募してみたのです」

介護のためという理由自体は不思議でもなんでもなく、永久出向制度はそのために設けられた制度だ。しかし栗秋の場合は、元職が元職だけに介護だけが理由というのには違和感があり、やはり原因の大きなところは能力不足だろうと考えた細井は、しつこいかなと思いつつもさらに追及した。

「やっぱりもったいないですね。捜査一課でしょう。どこの県警でも捜査一課は一目置かれるのに、ましてや警視庁ですから。『S1S』の赤バッジ、付けてたんでしょう」

サーチ・ワン・セレクト、選ばれし捜査一課員を意味するという「S1S」の金文字が象眼《ぞうがん》された赤地の襟章は、全国二十六万の警察官の中でも警視庁捜査一課員のみが装着する。テレビドラマでこれ見よがしに刑事役が付けている姿は見るものの、実物は細井も見たことがなかった。

「さっきも言ったようにあそこはけっこう大変な世界なのですよ。上からのプレッシャーはきついし、同僚との競争は激しいし。私なんかは落ちこぼれの口でしたから、もったいないという感じはありません。むしろF県警には拾ってもらった感じです」

能力不足での都落ちを認める発言だったが、口調に暗さはなく張り付いたような笑みも変わらない。やはり能力不足だったかと思いつつ、どう反応したものかと細井は戸惑う。そこにタイミングよく案内役の男性職員が現われた。

「理事長の増田です」

二人が部屋に入ると重厚な執務机に座っていた白髪の男性が立ち上がった。微《かす》かに光を反射する高級生地で誂《あつら》えた弁柄《べんがら》色のスリーピースを隙なく着こなし、白髪は後ろに流して固めている。肌は浅黒く、脂ぎっているわけではないが決して干からびているわけでもない。鉤鼻の上で双眸《そうぼう》が鋭く光っていた。

増田に勧められるがまま応接組椅子に腰掛け、細井はその座り心地に唸った。表面は柔らげな鞣《なめ》し革で、座面が低く広かったことから深く沈み込むのを警戒したが、軽く沈んだ後はほどよい弾力で臀部を支えて姿勢を崩すことがなく、それでいて筋肉に緊張を強いることもない。内部構造は、値段はと余計なことが気になった。

「高橋くんとは話しましたか」対面に座った増田が栗秋に尋ねる。

「丁寧に被害児童の症状をご説明いただきました。たいへん熱心な先生ですね」隣に浅く腰掛けた栗秋が笑顔で答えた。

「彼は優秀ですよ。小児科は他の診療科にもまして情熱が必要ですが、彼にはそれがある。ただ時と場合によっては情熱が走りすぎ、やりすぎることもある」

そのやりすぎのところがこの面会の要点だなと細井は思った。児童相談所への高橋の通告について、増田が否定的な態度をとっていたことは川畑の報告書に記載されていた。

増田の発言に栗秋は答えず沈黙を守った。増田の出方を見極めようというのだろう。

「最近は医師の行動を法律が決めることが増えてきた」心持ち下を向いた増田が事実を淡々と述べる口調で言った。

「昔はここらにも炭鉱夫や沖仲士《おきなかし》がいた。県の南西にある港湾や海底炭鉱に行こうとする者が立ち寄る、ちょっとした交通の要衝だったんだ。そんな中の気の荒いやつらが喧嘩になるとすぐ刃傷沙汰になって、診療科なんてお構いなしに手近な病院に運び込まれる。当時から産婦人科を標榜していた私も、数え切れない人間の腹やら足やらを縫ったもんだ」

増田は顔を上げて栗秋を見つめた。

「だが、警察に届けるようなことはしなかった。やつらにはやつらの世界があり、警察の干渉をよしとしなかったからだ。そんな事情も呑み込んで、私らは治療をした。医術とは人を助けることだ。そこでいう人とは患者のことであり、患者のために最善を尽くすこと、それが医者の倫理だった」

栗秋は笑顔を保ち続けて頷くこともなくただ聞いている。

「だが今ではどうだ。なんでもかんでも警察が口を挟んでくる。刃物傷といった犯罪と関係ありそうな傷を診たら、医師は警察へ通報しなければならん。通報で患者やその周りの者が逮捕され、患者の不利益になる可能性があってもだ。通報しなければ医師倫理基準に反するという。その倫理基準はもともと国が作ったものだ。厚労省が医師会に倫理基準を押し付け、医師会はそれを医師に押し付ける。倫理基準を守らねば医師会から呼び出しをくらい、それに抵抗すれば除名すると脅される。そうやって守られる医師の倫理とはいったい何なのだろうな。患者のために尽くすという倫理はどこへ行った」

細井は呆気にとられたが増田の勢いは止まらない。何かに急《せ》きたてられるかのように増田は続ける。

「尊敬する先輩に、ベトナムで赤十字におった方がいる。村民だろうがベトコンだろうが米兵だろうが、彼は患者であれば分け隔てなく治療した。そしてそのことで彼が責められることはなかった。彼が医者の本分を尽くしているに過ぎないことを皆が知っていたからだ。今この国は、戦争をやっている国以下の倫理しか持っていないということなのか」

「ならば戦場へ行けばいい」

突然の栗秋の言葉に細井は耳を疑った。だが栗秋の張り付いたような笑みは変わらず、穏やかな佇まいも変わらない。

「何だと」話の腰を折られたためか増田の声が低くなる。

「戦場には戦場のルールがあるのでしょうし、それが医者を殺さないというルールであったとしても何ら不思議ではない。次にその医者に診てもらうのは自分かもしれないのですからね」増田をしっかりと見据え、それでいて笑みは絶やさず栗秋は続けた。

「ここは日本です。医者が医者として日本で活動する限り、日本の社会とは無縁ではいられない。医者が診る相手も患者であると同時に日本社会の一員です。ならば医者も患者も日本社会のルールに従うのは当然でしょう」栗秋は僅かに身を乗り出して両肘をそれぞれの膝に突き、軽く手を組んだ。

「あなたは一人の医者です。同時に日本の医者だ。この社会のルールを守れないのであれば医者を辞めるか、あるいは日本から出て行けばいい。違いますか」

増田は無表情に栗秋を見つめている。そんな増田に向かって栗秋はひとつ大きな笑みを作ってみせた。

「理事長もお人が悪い。医師会批判をしてみせられましたが、築紫市の医師会会長はあなたではないですか。県医師会の理事でもいらっしゃる。更に言えば、厚労省の医道審議会の委員もされていましたね。あまり揶揄《からか》ってもらっては困ります」

増田が大笑した。


「何なんですか、あの理事長」揶揄われたのが腹に据えかね、運転しながら細井は毒づいた。

「面白い人でしたね」栗秋が笑って返す。

「あんなのが理事長だったら、下の人間もたまったもんじゃない。いったい警察の捜査をなんだと思ってるんだ」

「義理とはいえ息子が逮捕されたんです、我々に対する腹いせの一つくらい、大目に見てあげましょう。真希さんの聴取にも便宜を図ってくれましたし」

増田はひとしきり笑った後、雄次がやったと思うかと直截《ちょくせつ》に聞いてきた。高橋先生は確信しているようですがと栗秋が答えると、増田は鼻先で嗤《わら》った。

「あいつは外国の学説にかぶれているだけだ。自分で判断しているように見えて、その実、学説に頼って自ら考えることを知らん。現実は学説どおりにいかんということにいずれ気付くだろうよ。それを学ぶためあいつはここに預けられたんだ」

高橋はK大学婦人科産科教室の現教授の息子で、小児科に進んだ我が子を心配した教授に頼まれて増田が預かっているのだと言う。

栗秋が、では理事長は雄次がやってないと思うのかと問うと、増田は困ったような顔になり、それは分からんと言った。

「陽真には血腫があった。確かなのはそれだけだ」

その先は口を噤んで、栗秋がいくら水を向けても事件について話すことはなく、代わりに陽真の母親である真希が増田の家で伏せっていることを教えてくれた。

「精神的にも肉体的にもかなり参っていたから、家内が引っ張って連れ帰り床につかせた。本人は陽真に付き添っていたいと言ったんだが、無理矢理な」

増田が予《あらかじ》め連絡を入れてくれることになり、真希の話を聞くため細井たちは増田の自宅へ向かうことにした。

「あの人、きっと僕たちが気に食わなかったら追い返すつもりだったんですよ。可愛い姪っ子に会わせるものかって」

「細井さん、なかなか鋭いですね。私もそう思います。理事長が私たちと面会したのは、被疑者の妻という立場に置かれた真希に私たちを会わせてよいものかどうか、見極めるためのテストだったんでしょう」

増田は文字どおり真希の庇護者だった。いくら姪とはいえ真希に対する増田夫妻の過保護ぶりは度が過ぎている。そのことを不思議に思ったらしい栗秋が尋ねたところ、あっさりと増田は事情を明かした。増田の弟、真希の父親も医者で、亡くなる前はK大学の産婦人科教室で助手をしていたという。

「今からもう二十数年前になるかな、バブル末期のころだった。医局の次期教授を決める教授選が行なわれ、それで弟と仲違いをすることになった」

「医局ですか」細井が呟く。細井にとっての医局のイメージは、教授という支配者が既得権益を守るために作り上げた世界、という程度のものだった。

細井の呟きに侮蔑の響きを感じたのか、窘《たしな》めるように増田が言う。

「医局制度を馬鹿にしちゃならん。どうせ高級クラブで教授が偉そうにふんぞり返って若い研修医を顎で使ってるぐらいに思っとるんだろう。確かに教授は絶対者として医局に君臨するが、それは各地の病院に満遍《まんべん》なく医師を派遣するためでもあるんだ。

いいか、K地方には二百七十の市町村があるのに、人口十万人以上の都市は三十しかないんだ。残りの二百四十の町のほとんどが過疎地域で、経済原理に任せていたら誰もそんなところの病院には行きはせん。きちんと各地に医師が供給されているのは、医局という人事システムがあるからなんだ。医局がなくなってみい、地域の中核病院だってあっという間に医師不足に陥るぞ」

増田の剣幕に細井は黙ったが、医局の命令でそんな過疎地に飛ばされる医師はどう感じてるんだろうと小首を傾げた。

「そういう医局のトップを決めるのだから、誰が教授になるかは大学の医師のみならずK地方一帯の医師の関心事になり、教授選は熾烈を極める。言ってみれば人事の最高権力者を選ぶわけだからな。バブルという時代背景もあって、現金が飛び交い策謀も渦巻いとった」

真希の父は、当時の助教授を教授にしようと奔走していたという。助手をしていた真希の父は、助教授が教授になればいずれ自分にも教授の目が回ってくると考えていたのだろうと増田は言った。

一方で増田は、M県立大学で教授をしていた人物を応援した。その人物と増田は幼馴染みで、ともにK大学で学んだ同窓生でもあったことから、自然と増田が選挙戦の参謀を引き受ける形となった。増田は医局出身の開業医をまとめあげると同時に、退職する教授に医療法人顧問の席を幾つも用意した。

「現職の教授が味方に付いてくれたことで、終盤になって優勢に立った。そんな選挙戦の最中《さなか》のことだったよ、弟がウチに押しかけてきたのは」

大雨の晩、当時は病院のすぐ隣にあった増田の家に泥酔した真希の父が押しかけ、選挙戦からの撤退を要求したという。傍らには、そんな夫を必死に押しとどめようとする真希の母の姿もあった。

「当然、私は相手にしなかった。玄関先で、馬鹿を言うなと怒鳴りつけたよ。その後は売り言葉に買い言葉だ、追い出すようにしてあいつの鼻先で扉を閉めてやった」

真希の父はしばらく玄関の外で喚《わめ》いていたが、やがて妻に引っ張られるようにして車に戻っていく姿が窓から見えた。

翌日、溜め池に転落した弟の車が見つかり、車内から二人の遺体が発見された。F県は古くからの穀倉地帯で溜め池やクリークが多く、築紫市にもそれらが点在していて車両の転落事故が年に数件発生する。シートベルトが外れており夫婦どちらが運転していたかは特定できなかったという。

「バケツをひっくり返したような雨だったから、酒に酔った弟を追い返すべきではなかったと思うことがある。かと言って、あの時には追い返す以外に何ができただろうとも思う。いま同じ状況になってもやはり追い返すだろうとな。一人娘の真希に代わって私は弟の葬儀一切を差配した。お前が死に追いやったくせに、と弟の同僚からは白い眼で見られたが構わんかった。身寄りのない真希を誰が放っておける。真希にすべての事情を話し、世話をさせてくれと頼み込んだ。幸い妻の佳枝《よしえ》も理解してくれた」

そのころ、増田の三人の息子はすでに大学医学部に進学していた。増田と同じく女の子が欲しかったという佳枝は、真希を実の娘のように育てたという。

だが話を聞いていた細井は、そんな簡単な話ではないだろうと思った。間接的とはいえ両親を死に追いやった男の家に世話になるのだ。中学生という思春期にあった真希に少なからぬ葛藤があっただろうことは容易に推察できる。

もっとも、警察官になって六年、刑事になって三年の細井にとって、増田の話は珍しいものでも驚くようなものでもなかった。恨みを抱いてもおかしくない相手とはいえ、裕福な家に引き取られ何不自由なく育った真希は幸運といえなくもない。

「子供が硬膜下血腫で入院し、夫が子供へ暴力を振るったと逮捕されているのですから、真希は相当に消耗しているはずです。家庭内の虐待であれば真希も共犯として取り調べられる可能性もある。増田理事長が警戒したのも無理からぬことです。もし私たちが粗忽《そこつ》者だったら、上に圧力を掛けて、真希への事情聴取を諦めさせるつもりだったのでしょう」

「圧力ですか。このご時世に、いち開業医がそんなことできますかね」

「彼が後援会長を務める県議は六期目の古株で、今は県議会の警察委員会委員長を務めています。参考人の事情聴取を見送らせることぐらい、その気になればできないことではないでしょう」

　細井は、増田ならばやりかねないと唸ると同時に、増田の鑑《かん》、つまり人間関係を栗秋が調べていたことに感心した。

「いつ調べたんですか」

「今朝です。課長から捜査の引き継ぎを命じられてインターネットで検索しました。理事長との一幕《ひとまく》が川畑さんの報告書に書かれていましたから、どんな人物かと思いまして」

　川畑の報告書に載っていた増田の態度から、彼が雄次・真希夫妻にとって後見的な人物であることが窺えたという。

「今後の進展によっては捜査の支障となりうる人物でした。早めにその芽を摘むことができたのは運がよかった」

「見ていて冷や汗がでました。しかしよく反論しましたね、僕だったら黙り込んでしまうところです」

「彼は権力者です。なのに反権力を気取ってみせたのは、私たちの反応を見たかったからでしょう。ならばこちらもそれに乗ってやるのが親切心というもので、それができないようなら人の心の機微が分からない粗忽者と思われたかもしれません。そうすると真希に会わせてもらえなかったかもしれませんし、下手をすると捜査官を変えろと上に言ってきたかもしれません。案外、川畑さんが特捜に吸い上げられてこの事件から外されたのは、理事長の機嫌を損ねたせいかもしれませんね」

川畑は、話を聞くだけと言って理事長の面前から雄次を連行しながら、そのまま帰すことなく逮捕している。騙されたと知って怒った理事長が、件《くだん》の県議を通じて県警にクレームを入れてきていたとしてもおかしくはない。

「それにしても、日本で医者をするなら日本のルールに従え、っていう啖呵《たんか》はよかったですね。もっともです」

細井の言葉に栗秋がひときわ大きく笑った。

「ただの言葉遊びです、そんなこと私も理事長も思ってませんよ。言ったでしょう、理事長は私たちの反応を見たかっただけ。よほど突飛なものでなければ、内容は何でもよかったのだと思います」

栗秋の朗らかな物言いに、細井は恥じて顔が赤くなるのを感じた。何とか取り繕おうと、思わず「なんでウチの捜査本部も霞処署の特捜も栗秋さんを呼ばないんでしょうかね、貴重な戦力でしょうに」と余計なことを口走った。

「捜査一課という経歴で言っているのなら見当違いですよ。肩書きだけでは何も分かりません。警視庁捜査一課は三百人を越える大所帯ですから、優秀な人間もいれば落ちこぼれもいる。さっき言ったように私は落ちこぼれの口です。実際、細井さんも頼りなく思っているのではないですか」

図星を指され細井は思わず言葉に詰まった。それに、と栗秋は続けた。

「介護のために戻ってきた私は軟弱とみなされているのでしょう」

「軟弱？」

「ええ。自分の出身地なのに何ですが、F県は極めて保守的な土地柄で、そんな土地柄の警察ですからF県警はマチスモの雰囲気がことのほか強い。介護のために仕事を辞めて帰ってきた私は、物珍しいだけではなく軟弱と思われているようです。まあ実際そうだから、文句の付けようがありませんが」

自嘲気味に栗秋が笑い、栗秋の言うことが分からないでもない細井は唸った。F県は全国でも住みやすい場所と思われていてマスコミなどが行なう「転勤したい県」アンケートなんかでは常に上位にランクインする。実際、転勤族だった細井の両親もF県を気に入って終の棲家を定めたし、細井自身も、海も山も近く食事も美味しいF県は東京と比べてよほど住みやすいと思っている。

だがその一方で、F県は都市部であっても古くからの住民の繋がりが強く、意外と排他的で住みにくいという声もある。加えて、男は家の外で働き女は家の内を守るとか、親の介護は長男の嫁がするとかいった古風とも旧弊ともいえる価値観が幅を利かせているし、ただでさえ保守的な警察は尚更で、もはや時代錯誤ともいえる男性優位の考え方が蔓延している。母親の介護のために仕事を捨てて戻ってきた栗秋は、そんな県警の中では確かに軽侮の対象となってもおかしくはない。

「栗秋さんは文学部出身ですか」

「いいえ社会学部ですが、なぜです」

「マチスモなんて言葉を使うから。男らしさを意味するスペイン語でしょう、ウチでそんな言葉を使う人はいませんよ。マッチョとかは言ったりはするけど」

「そういう細井さんは文学部？」栗秋が嬉しそうに聞いた。

「はい。S大学で国文学を専攻していました」

「へえ国文学。あそこは英文学科しかないものと思っていました」

「プロテスタント系ですからね。大学でも警察でも私は主流から外れてるんです」

いつの間にか車はひと続きの万年塀に沿って進んでいた。端の角を曲がると木製観音開きの正門があり、表札に増田とあった。扉は開け放たれていて、門を通って敷地内へと進む。すぐに車回しがあり、その先に二階建ての建物が、右側に車庫がある。車庫の横に車二台ほどが駐められるスペースがあり、そこに細井は車を駐めた。

建物は、瀟洒という言葉がよく似合う洋館と伝統的な日本家屋が合わさったいわゆる文化住宅で、何となく純和風家屋をイメージしていた細井には意外だった。一方、栗秋は建物の外観を気に留める様子もなく、無遠慮ともいえる足取りで玄関に近付き、ためらうことなく呼び鈴を押した。

すぐに戸が開き鬢《びん》を後ろで作ったモンペ姿の初老の女性が三和土《たたき》に立っていた。格好からして家政婦だろうと細井は見当を付けた。

栗秋が名乗ると女性は張りのある声で身分証明書の呈示を求め、笑顔を絶やすことなく栗秋がジャケットの内ポケットから警察バッジを取り出して女性に示す。女性はバッジの身分証明欄に二、三秒目を留めると、屋内を振り返って「真希さん、警察の方がいらしたわよ」と呼びかけた。

「真希は先ほどまで伏せておりましたが、宅からの電話で今は応接室に控えております」

家政婦かと思っていたら増田の妻の佳枝だった。細井は内心ばつの悪い思いをしながら、佳枝の勧めに従って上がり框《かまち》でスリッパに履き替える。見事な木目の板張り廊下が真っ直ぐ奥へと伸びているが、佳枝は玄関に程近い扉をノックして室内へと入っていった。

「失礼します」細井たちが後に続く。

窓からの採光で十分に明るいその部屋には、ひと目でそれと分かる大判のペルシャ絨毯が敷かれていた。アイアンウッドのセンターテーブル、それを挟んでアールデコ調のファブリックソファのセット。三人掛けのほうには、ベージュに近い白いワンピースを着た三十代と思しき女性が座っていた。真希だろう。顔は病的に白く視線は茫洋としている。増田の妻が真希の隣に座った。

「築紫警察署の栗秋です。こちらは細井刑事。陽真くんの事件捜査を担当しています」

栗秋は名刺を出すことなく名乗って一礼すると腰掛けた。

「今日は陽真くんのこれまでの養育状況についてお聞きしたく伺いました」

すでに増田から連絡が入っていることを踏まえてか、栗秋は単刀直入に要件に入ることにしたようだ。栗秋の言葉に真希は視線を上げたが、まるで栗秋の三メートル後ろを見ているかのようでその視線は定まることがない。

「ところで増田先生の奥様……」

「佳枝です」ぴしゃりと言う。

「佳枝さんは席を外していただけますか」

栗秋の言葉に佳枝の目が吊り上がる。

「真希の状態がお分かりになりませんの。本当は私《わたくし》、この面会には反対したのです。なのに主人に言われて」先ほどよりも甲高い佳枝の声が詰まった。

「この子は今、子供が入院していて、しかも夫が逮捕されているのですよ。この子はもともと体が強くありませんの。母親代わりと言ったら言い過ぎかもしれませんが、中学生のころからずっとこの子を見てきた私に言わせてもらえれば、今はとても話ができる状態ではないのです。なのに、私に席を外せと仰るのですか」

心の中で細井はため息をついた。関係者から一人ずつ話を聞くのは捜査の鉄則だ。相手が未成年であれば親の立ち会いを求めることもあるが、それは未成年者の心情への配慮というだけではなく、未成年者を落ち着かせて話を聞き出しやすくするためでもある。佳枝は真希を守ろうとする意識が強く、同席させればきっと話に介入し事情聴取の支障となるだろう。

「ご心配はよく分かります。私たちも真希さんの体調には注意を払いますし、もしお話しいただくのが辛いようだったらすぐに面会を中止します」

栗秋がにこやかに粘り強く言う。

「それに夫婦間の微妙な話もお聞きすることになるかと思います。佳枝さんが親代わりであることはよく分かりましたが、だからこそ、佳枝さんがいれば話しにくいこともあるかもしれません」

佳枝が反論しようとするのを、栗秋は手のひらを向けて押し止める。

「いえ、何も真希さんが佳枝さんに秘密にしていることがあると言っているわけではありません。ただ真希さんも堀尾雄次との間に一子をもうけた、夫婦生活のある大人の女性ということです。夫婦関係については、親の前だからこそ言いにくいこともあるのではありませんか」

「大丈夫よ、お母さん」隣に座る佳枝の手を握り、真希が初めて口を開いた。

「お父さんが話をしなさいと言うんだから、きっとそうしたほうがいいんでしょう。私は大丈夫、一人できちんと話します」

佳枝が、細井や栗秋を見るときとは違う、気遣いと慈愛に満ちた目で真希を見た。

真希の顔にかかった一房の前髪を優しく払い、しばらく無言で真希を見つめてから一つ息をついた。

「リビングにいるから、何かあったらすぐに声をかけるのよ」真希に言って佳枝が栗秋に向き直る。「刑事さんたちにもお願いします、この子がちょっとでもきつそうな素振りを見せたら、すぐに知らせて下さい」

栗秋が頷くのを見届けて佳枝は立ち上がり、もう一度真希を見て、それから応接室を出て行った。

「伯母が失礼しました」真希が頭を下げたが言葉も視線もまだ腰の据わらないところがある。

「お気になさらず。状況が状況ですから心配されているのでしょう」栗秋が応じる。

「雄次さんはどうしてますか、元気ですか」

「ええご心配なく。今朝、弁護士が面会に来ていましたので、そのうち報告があると思います。弁護士は真希さんが手配されたのですか」

「伯父に頼んで、病院の顧問弁護士のお知り合いという方にお願いしました。昨夜、私も警察署に行こうとしたのですが、会わせてもらえないということで諦めました」

少しずつではあるが真希の声に張りが出てきた。

「いずれ弁護士からも説明があるでしょうが、逮捕されてから七十二時間は弁護士以外とは会うことができないことになっています。ところで、彼のことを教えて欲しいのですが、よろしいですね」

真希が頷いた。栗秋は黒い表紙の捜査メモ帳を取り出し、真希と雄次の馴《な》れ初《そ》めから話を聞き始めた。

「大学卒業後、私は伯父伯母の反対を押し切って一人暮らしを始め、雄次さんが勤める会社に契約社員として就職しました」

増田からは病院で働くことを勧められたが、真希にしてみればいつまでも増田夫婦の世話になるわけにはいかないと思って始めた一人暮らしだったから、就職先も増田に頼ることなく決めた。職場で知り合ってから一年で交際に発展し、二年の交際期間を経て結婚したと言う。

「旦那さん、どんな人間ですか」細井が聞いた。

「どんなと言われても……普通の、いい人です」

酒は飲むが焼酎のお湯割り三杯まで。酒を飲んで暴れたり喧嘩したりしたことはない。年に一回は禁煙に挑戦し、一ヶ月も経たないうちに禁煙で不機嫌になるくらいなら吸ったほうがいいと毎回同じ言い訳をして断念する。勤め先での業績も普通で、抜擢もなければ降格もなく、年功序列に従い年を重ねるごとに主任から係長へ、係長から課長代理へと出世した。会社の愚痴は言うものの辞めようとか辞めたいとか言うことはない。真希の語る堀尾雄次は、川畑の作成した身上調書の内容とほぼ一致する、ごくありきたりな男の姿だった。

「陽真くんに対しては」「いい父親です」細井の問いに間髪入れず真希が答える。

妊娠期間中は定時に退社して家に帰り家事を手伝った。出産に向けてのベビーベッドやチャイルドシート、家具、洋服、下着といった買い物にはすべて付き合った。出産日には会社を休んで病院に詰め、立ち会いこそしなかったものの扉の外で産声が上がるのを待っていた。出産後、真希は二週間ほど増田の家に里帰りしたが毎日会社帰りに立ち寄った。陽真には三時間ごとの授乳が必要でその度に激しく泣くが、雄次は寝室を分けることを嫌い同室で寝ていた。

「そんな雄次さんが陽真に暴力を振るうなんて考えられません」

真希はそれまでとは別人のように力強い声で言い切る。その様子にこれ以上の聴取は無駄と思い、切り上げようかと細井は栗秋に目で問うた。受け答えする真希を観察していたらしい栗秋がゆっくりと口を開く。

「結婚してから陽真くんが産まれるまで六年ですね。少し間が空いているようにも思えますが、彼、堀尾雄次の仕事が忙しかったのでしょうか」

ぶるりと真希が震えた。その震えに、予想していなかった質問に対する驚きだけではない、触れられたくないところに触れられた苦痛を細井は見て取った。真希は視線を手元に落とし、しばらく何かを逡巡しているようだったがやがて口を開いた。

「不妊治療です。陽真は体外受精で妊娠した子です」

「そうですか。治療は何年ほど」さも予想していたかのようにまったく口調を変えることなく栗秋は質問を重ねた。

「四年です」顔を上げることなく真希は答える。

真希が答えた後、しばらく間が空いたので細井が栗秋を見ると、何かを思案しているような顔だった。それでも口の端は上がっていて笑顔を形作っている。

「詳しくは知らないのですが、不妊治療は男性にとっても女性にとってもなかなか大変なもののようですね」

栗秋の問いに真希は答えず、栗秋も回答を期待したふうではなく質問を続ける。

「堀尾雄次は不妊治療に積極的でしたか」

俯いたまま真希はやはり答えない。

「不妊治療を受けようと最初に言ったのは彼ですか真希さんですか」

真希が顔を上げる。一時は血色が戻ったかに見えた顔色はふたたび白く透き通って血管すら見えそうなほどだ。色を失った顔で苦しそうに答える。

「最後は納得して治療に協力してくれました」

「最後は、ということは雄次は不妊治療に積極的ではなかった。そうですね」

ふたたび真希は顔を伏せた。栗秋が堀尾夫婦の急所を、他人に触れられたくはない柔らかな秘密の急所を抉《えぐ》っていることを細井は確信した。栗秋は微笑みを浮かべたまま真希を追い詰める。

「雄次にとって不妊治療はストレスだった。言い争いをしたことはありますか」

真希が顔を伏せたまま微かに頷く。

「暴行を受けたことは」

「一度だけです」真希がさっと顔を上げて小さく叫ぶように言った。

「それに妊娠が分かるとあの人は喜んでくれました」

「そうでしょう。しかし、陽真くんに愛情を持っていたかどうかは別問題です。いや、愛情を持っていても暴行を振るう者はいる。あなたが暴行を受けたように」

「そんな、たった一度だけです」

「たった一度だけであっても暴行は暴行です。虐待で子供が亡くなる事件は常日頃から暴行を受けている場合が多いのですが、普段は愛情に溢れた親が発作的に暴力を振るって悲しい結果になるケースもあるのですよ。あなたが雄次から暴行を受けたのはどんな状況だったのです」

「治療を受けるよう、私が泣いて頼んだときです」

増田病院での検査の結果、二人にはそれぞれ不妊原因があるように思われた。雄次は精子の運動率が低い精子無力症、真希は過去の虫垂炎手術が原因の、卵管癒着によるピックアップ異常。精子無力症には抗酸化療法やホルモン療法が、卵管癒着の治療法には卵管形成術があるが、妻だけが治療を行なっても夫が治療を受けなければ不妊治療の目的を達成することはできない。主治医となった別喜から、夫婦揃っての治療を勧められたものの、雄次はなかなか首肯しなかった。

接待で酒を飲んで雄次が帰宅した夜、そのころ頻発するようになっていた口論が起きた。いつもなら雄次が寝室に逃げるようにして終わる口論だったが、その夜に限って雄次はリビングのソファに座って焼酎を舐め始め、真希は、その膝に縋《すが》りつくようにして泣きながら治療を受けるように頼んだ。すると突然、雄次は焼酎の入った湯呑みをテーブルから払い落とし、返す手のひらで真希の頬を叩いた。

「叩かれて、痛みより驚きで呆然としました。でも、私以上にあの人自身が驚いたんだと思います。すぐに私に謝りました。でもその夜は一緒に寝ることはせず、雄次さんはリビングで寝て、次の日の朝、私が起きて寝室から出ると、一睡もしていないような真っ赤な目をしていました。そして不妊治療に通うことを約束してくれたんです」

「彼が不妊治療に積極的でなかったのはなぜでしょう。子供が嫌いとか、何か子供が欲しくない理由があったのでしょうか」

「子供嫌いとかはなかったと思います。不妊治療を受ける前までは、何人子供が欲しいとか話し合ったこともありますし。ただ、経済的負担は心配だったようです」

「経済的負担を気にするということは、お二人の家計は苦しかった？」

「そんなことはありません。雄次さんのお給料で、夫婦二人が暮らす分はなにも問題ありませんでした。しかし不妊治療は月に二十万ほどかかるときもあり、雄次さんのお給料だけでは厳しいと思いました。それで不妊治療と出産にかかる費用は私の貯金から出すと言ったんですが、それがいけなかったみたいで、頑《かたく》なに拒否するようになってしまいました」

「真希さんの貯金というのは」

「両親が残してくれたものです。両親は多くのものを残してくれました。保険金だけでも人ひとり生きていけるだけの金額です。だけど雄次さんは、私が両親の遺産に手を付けるのを嫌がりました。自分の稼ぎだけで家族を養うのが男だって。私はお金なんて気にしないのに」

その無関心が男を傷付けるんだけどなと細井は思った。F県でも夫婦共働き世帯は珍しくないが、車内で栗秋と話したように守旧的な考えが根強く、家族は男が養うものという甲斐性を重視する雰囲気がある。堀尾夫婦の実態として夫より妻のほうが個人資産が多いのであれば、金銭には真希より雄次のほうが神経質になっていただろう。収入は男が得るものという、栗秋の言うところのマチシズムを雄次が有していたとすれば尚更だ。

「陽真くんが産まれたということは、雄次は真希さんの出費で不妊治療を受けたということですね。そのことは彼のストレスになったかもしれません」

真希が顎を引いて頷いたように細井には見えた。

「妊娠が分かったときの彼の反応はどのようなものでしたか。先ほどの話では、妊娠中は家事を手伝ったりしていたようですが、妊娠そのものへの反応は」

真希は少し沈黙したのち言葉を選ぶように言った。

「戸惑っているようでした。喜んではいるのですが、どことなく実感が湧かないような、釈然としていないような」

「戸惑い、ですか」

「でも男親には多いそうです」慌てたように真希が付け足す。

「雄次さんの反応が気になって、私も伯母に相談したんです。伯母は、心配することはないと励ましてくれました。妊娠を体験することのできない男は、子育てをしないと父親の自覚を持てない、と言ってました」

結婚しておらず子育ての経験もない細井はそんなものかと思ったが、栗秋は真希の言葉を吟味しているようだった。

「家事を手伝ったりするのも、出産準備のための買い物も、出産日に病院に詰めていたのも、お腹の子供のためというよりもあなたの体を気遣ってのものだった。そんな印象を受けるのですが間違っているでしょうか」

「間違ってはいませんが……」

「夫婦生活はどうですか。不妊治療期間中と妊娠中、出産後で夜の生活に変化はありましたか」栗秋が表情を変えずに聞く。笑顔を保ちつつ真摯な態度で性生活を聞くという難しい聴取を平然とこなしていた。

性欲は金銭欲と同じく犯罪の動機となりうる重要な要素だから、この手の事情聴取の際には避けて通れない話題の一つだが、いざ俎上に載せようとすると細井などはまだ緊張してしまう。その緊張が相手に伝わり、警戒心や羞恥心を呼び起こして相手の口が重くなる。しかし栗秋が淡々と聞いたためか、真希はさして恥ずかしさを見せずに答えた。

「不妊治療の間はそれまでと変わりません。体外授精を行なったときも夫婦生活は変わらずにありました。妊娠してからは減って、ほとんどなかったと言っていいと思います。出産後も同じです」

「雄次から迫られることはありませんか」

「それはありますが、何せ授乳間隔が三時間ですし、私の体調が思わしくないことも多いので我慢してもらっています」

「彼は性欲の強いほうですかね」

さすがに真希は答えに詰まった。

「……どうなんでしょう。妊娠前は週に二、三回ぐらいでしたが」

結婚してからずっとそのペースなら強いほうなんじゃないかという気もしたが、未婚者で同棲経験もない細井にはよく分からなかった。とにもかくにも、真希が妊娠してからセックスがなくなったことは確かで、外で発散していた可能性はあるが不満をためていた可能性もあり、その不満が陽真に向かったと考えられなくもない。栗秋も同じように考えたようだ。

「性生活がなくなったことについて雄次と口論になったことはありませんか。嫌味のレベルでも構いませんが」

「口論にはなりません、私が嫌がることをするような人じゃありませんから。ただ不満を言われたことはありました。いつになったらできるんだ、というような感じで」

「どう答えました」

「覚えていません。分からないと答えたかもしれませんし、陽真が手を離れるまでは勘弁してと言ったかもしれません」

「手が離れる」を雄次はどのように受け止めたかと思い、細井は考え込んだ。真希もその可能性に気付いたのか、落ち着きなく視線を彷徨《さまよ》わせる。栗秋がまとめに入った。

「堀尾雄次は不妊治療に消極的だった。あなたがお金を出し夫婦で不妊治療を受けたもののそれは雄次にとって不本意なものだった。無事に妊娠出産したものの夜の夫婦生活はなくなった。妊娠出産を通じて雄次は陽真くんへの愛情を育んでいないように思える。どうでしょう、堀尾雄次が陽真くんを強く揺さぶった可能性はないと断言できるのでしょうか」

視線を彷徨わせていた真希が力なく栗秋を見た。

「可能性がない、とは言えない……」

8

「黙秘します」

「ちょっとあんた……」細井は補助者席から立ち上がった。

雄次と向かい合っていた栗秋が振り返り、細井を目で押し止める。そして雄次に向き直ってから言った。

「黙秘は被疑者の権利です。黙秘するというのであれば私たちにできることはありません」

雄次は机の一点を見つめたまま動かない。

佳枝に丁重に挨拶をして増田邸を辞した二人は、築紫署に戻ってから検察官に送致する記録を整理した。警察官は、逮捕してから四十八時間以内に検察官に捜査の資料を送らねばならない。検察官は、警察から送られてきた記録と、自ら被疑者を取り調べた結果を踏まえ、引き続き十日間の勾留をするかどうかを決める。

「揺さぶられ症候群についての高橋先生の供述と、雄次から暴行を受けたことがあるという堀尾真希の供述があれば、勾留は問題ないでしょう」細井との打ち合わせで栗秋は言った。「でも、今日の話を被疑者に当ててみませんか。被害者に対する感情を見極めることができるかもしれません」

もちろん細井に異論はなく、さっそく雄次を取調室に引き出した。そして栗秋が「言いたくないことは言わなくて構いません」とお決まりの手順どおりに供述拒否権を告知したところで雄次が発したのが、「黙秘」の一言だった。

「ただ一つだけ教えてください。陽真くんに暴力を振るったことはないというのは本当ですか。もしそうならば教えてくださ い」

雄次が顔を上げて栗秋を見た。

「あなたが暴力を振るったことがないというのであれば、ほかに陽真くんがケガを負った理由があるはずです。私はその理由を調べたい」

栗秋は諭すように話しかける。雄次の顔が苦しそうに歪み、唾を飲み込んだ。今にも話し出しそうだったが、何とか堪《こら》えたようだ。

「あなたが本当に暴力を振るっていないのであれば、あなたも陽真くんが病院に運ばれることになった理由を知りたくはありませんか。あなたが黙秘していると前後の状況がよく分からない。なぜ陽真くんが病院に運ばれることになったのか、あなたも私たちも知ることはできません。あなたと私たち、お互いに持っている知識を出し合って一緒に検討してみましょう」

栗秋が言葉を繋ぐのを細井は見守った。真希のときと同様、雄次の急所を栗秋は的確に突いている。

雄次が暴力を振るっていないならば、栗秋の言うとおり雄次は陽真が病院に運ばれることになった理由を知りたいと思っているはずだ。そうであれば陽真に関しできるだけ詳しく情報を提供して捜査に協力したいという思いを持っているはずであり、その点をくすぐってやれば黙秘を止《や》めて供述を始めるだろう。

一方、雄次が虐待親ならば栗秋の言葉に心を動かされることはなく動揺することもない。その場合は動揺しないという態度こそが雄次の虐待を裏付けることとなる。

問題は、虐待親であるにもかかわらず自分の身を守るためにあえて葛藤しているふりをするほど狡猾な人間だった場合だが、これはもう延長期間を含めて二十日間の勾留中に揺さぶりをかけ続けて真偽を見極めるしかない。

細井の眼には雄次の苦悶は本物であるように見えた。栗秋はそんな雄次をじっと観察している様子だったが、やがて今日の取調べは終わりますと宣言した。

「弁護人の入れ知恵でしょうか」

雄次を留置場に帰し、署の廊下を並んで歩きながら細井が言った。午後五時を過ぎたところで外はまだ初夏の陽射しで明るいはずだが、古い庁舎の中はすでに光が退き、間引きされた蛍光灯の明るさしかない。薄暗い廊下を人々が行き交い、お役所然とした昼の顔から治安機関としての夜の顔へと切り替わる慌ただしい雰囲気が漂っている。

「おそらく。増田病院の顧問弁護士に紹介された弁護人です、きっと刑事事件に通じた弁護士でしょう」

細井は軽い舌打ちをした。

最近、黙秘する被疑者が増えてきている。ひと昔前までは、黙秘する被疑者といえば左翼公安事件の被疑者と相場が決まっていたが、今では万引き主婦まで黙秘と言い出す始末だ。直接的には国民の権利意識の高まりと弁護士会による黙秘権行使の推奨活動が原因といわれているが、その背景には、警察官や検察官による自白強要が発覚した決して少なくない数の冤罪事件があるだけに、まだ若い細井からすれば、黙秘する被疑者もその原因を作った古い警察官たちも同等に忌々しかった。

「厄介ですね」

「そうでもありません。昔こそ恫喝暴行によってでも黙秘する被疑者を叩き割って自白を獲得すべしという上からの圧力がありましたが、今はそんなことはありません。

おかげで被疑者の取調べにかかりきりになる必要はありませんし、取調べ以外の周辺捜査に注力することができます」栗秋はあくまで穏やかだった。「高橋先生の話のウラをとるために法医学の先生のアポを明日の午後にとってあります。午前中は山口という児相の人に会いに行きましょう」

そして最後に付け足した。

「私は好きですよ、こういう状況」

9

「わざわざ警務部長がお越しとは。本部長打合せの時では駄目だったのですかな」西《にし》松《まつ》生活安全部長は大石にソファを勧めながら言った。

言外の意味は、警務部長がうろうろするな、といったところかと大石は考えた。刑事部や生活安全部といった現業部門にとってみれば、人事権と監察権を擁する警務部は煙たい存在でしかない。だが大石は出歩くことを好んだ。キャリアとしての純粋な好奇心もあるし、警務部として県警全体に睨みを効かせるためでもある。

「ええ。ちょっと込み入った話でして」

「何だろう、警務部の手を煩わせるような案件はないはずだが」焦燥に駆られたように西松は言った。

西松は退職間際の警視正で、本来ならどこかの署長で定年を迎えるはずだった。しかし半年前、刑事部出身の前の生活安全部長が一身上の都合で辞職し、思わぬ形でその座が西松に転がり込んだ。

緊急リリーフ的な登板で、次の人事異動までの繋ぎであることは本人も承知しているが、それでもノンキャリアとして望みうる最高ポストの一つに就くことができた意味は大きい。それだけに無事にリリーフを終えることに西松は汲々としており、大石にとって御しやすい相手といえた。

「監察の話じゃありません。本庁通知の話です。近々、警察庁の生安局から乳幼児揺さぶられ症候群、SBSというのが略称らしいんですが、そのSBSの積極捜査に関する通知が全国警察本部宛に出ますので、あらかじめお話ししておこうと」

西松は不審げに大石を見た。わざわざ警務部長が足を運ぶことかという顔だ。

「SBSというのはあれでしたかな、親が強く揺さぶって子供がケガをするという虐待でしたかな。虐待案件の積極摘発は当部においても力を入れていますから、通知への対応は問題ないでしょう。ご用件はそれだけですかな」

言外の意味は、さっさと帰れ。それだけの用件で警務部長が足を運ぶと思っているところがこの男の思慮の浅さだと大石は思った。

「対応については心配はしていません。実は、本庁から内々の要請がありまして、通知に合わせてSBS案件を報告しろということなんですよ。通知を出したところ早速こんな報告がありました、という実績作りをしたいようです」

大石の言葉に西松は目を剝き、「一斉検挙ですかな」と見当違いのことを言った。

「虐待案件に一斉検挙なんてありえないでしょう」呆れて大石は言う。「虐待が疑われる案件のうち、被害者が頭部に傷害を負った案件について所轄に報告を求めるんです。その中でSBSになりそうな物を選び出し、それらしく本庁に報告すればいいんです」

「どういうことです」

「本当にSBS案件があればそれに越したことはありませんが、そのものズバリでなくてもその可能性があればいいってことです」

「虚偽報告になりませんかな」

「大丈夫ですよ。SBS案件という言葉に、SBSの可能性のある案件も含むと解釈すればいいんです」

西松は大石を見つめた。その目には、話に乗ってよいものかという逡巡と、キャリアが安請け負いしやがってという憤りが宿っていた。そう、これはキャリア同士の騙し合いでノンキャリアが口を挟むべき話ではない。大石は切り札を出した。

「本部長も了解済みです。本庁への報告は、本部長名義で事実上私から行ないます。あなたに迷惑がかかることは決してありませんよ」

西松は目に見えて安堵した。

10

「ただいま」栗秋は玄関から奥に声をかけた。

「お帰り」台所から母親の史子《ふみこ》の声が聞こえる。

台所に入ると史子がみそ汁を温めていた。赤味噌と白味噌が合わせてあるところからすると、ヘルパーの大塚《おおつか》さんではなく史子自身が作ったもののようだ。食卓には、切り身の焼き魚が載った角皿と、胡瓜の酢の物、牛蒡のきんぴらの入った小鉢が並べてあり、その上にラップが軽くかかっている。栗秋家の食事は、史子の症状進行を抑えるため野菜と魚が中心だ。

史子は軽度認知症を患っており、介護保険制度の要介護1の認定を受けている。同じ話を繰り返したり時間や場所の見当識を失ったりするが、史子も栗秋も、症状は認知症の予備軍とされる軽度認知障害に留まっていると信じたかった。しかし勤め人である栗秋一人で史子を介護するには、介護保険の認定を受けて訪問介護とデイサービスの支援に頼るしかなく、渋々ながら軽度認知症との診断を受け入れた。

「片付けたいから着替える前に食べてしまって」史子が振り返ることもなく言った。

今日はご機嫌斜めか。昼間の笑みを消し、栗秋は嘆息とともに気を引き締めた。

机の上に置かれていたご飯茶碗に白飯をよそって椅子に座り、「いただきます」と小さく呟いてから箸に手を伸ばす。塗りのお椀についだ味噌汁を史子が配膳する。その隙に栗秋は史子の顔色を窺った。厳しい表情には屈辱の色というよりも苛立ちの色が強い。そうすると不機嫌の理由は排泄の問題ではなく物忘れ、道迷いの類だろうと見当をつけた。あとでヘルパーの大塚さんの連絡帳を見てみよう。

できるだけ急いで食べようとしたが、あいにく魚の小骨が多く外《はず》すのに手間取った。史子が食卓に座りテレビを点ける。午後八時四十五分のNHKローカルニュースでは、釜山市の観光使節がF県庁を訪れ知事を表敬訪問したというまさにローカルネタをやっていた。

険しい表情のままテレビを睨むように見つめる史子の横顔を、三十余年にわたって警察官の妻であり自殺という形でその連れ合いを失った女の、夫の死の余波で発症したであろう軽度認知障害の進行予防に必死な高齢者の、栗秋と妹の美貴《みき》という二人の子供を育て上げた母の横顔を、栗秋は箸で魚の骨を外しながら盗み見る。今できることは能《あた》う限り早く夕食を食べ終わること。栗秋は食事に専念した。

「ごちそうさま」九時のニュースが始まる前に食べ終え、栗秋は立ち上がる。

「車庫で運動して風呂に入るから先に寝てていいよ。明日はいつもどおりに出るから」

史子が無言で頷いて食器を片付け始めるのを見届けてから、栗秋はダイニングを後にして玄関横の自室に入った。栗秋の父である貴正《たかまさ》が、切妻屋根木造二階建ての一軒家を住宅団地の一角に求めたのは栗秋が小学校に入学したときだった。当時はまだ地価が安く、購入費用は警察共済組合からの借入限度額内に収まり、繰上げ返済も支払遅延もすることなく当初予定どおりの返済期間で完済したという。途中からは組合の貸付利率が市中の銀行のそれを上回り、余計な金利を払ったとこぼす父の姿を覚えている。

栗秋の部屋はもともと二階の六畳間だったが、Ｆ県警に就職し東京から戻ったのを機会に玄関脇の六畳和室へと移った。夜間に緊急の呼出しがあったときに史子を起こすことなく外出できるというのが建前で、本当の目的は史子が見当識障害で夜間に外出するのを防ぐためだ。玄関には徘徊防止用として市販されている人感センサーを設置している。玄関の框を人が通過したときに反応し、スマートフォンよりも一回り大きな携帯式本体がチャイムとランプの点滅で知らせる装置だ。

栗秋はTシャツとジャージズボンに着替えると、その本体を持って部屋を出た。玄関でサンダルを履き、センサーの電源を入れてから外に出て玄関を施錠し、附属建物の車庫へと向かう。

中に入って電灯を点けると、古い木造車庫の埃っぽい内部が見て取れる。車一台がやっと入る程度の広さで床はコンクリート、天井板は取り払われて剝き出しの梁が屋根裏を横切っていた。ひと際太い小屋梁の中央から鎖で黒色の大型サンドバッグが吊り下げられている。壁の内壁も剝がされ、代わりにポリエステル製の吸音材が全面に釘で打ち付けてあり、端にはホームセンターで購入した全身鏡が三つ並べて壁に固定されている。

栗秋は壁際のベンチに腰を下ろした。ベンチにはダンボール箱が置かれていて、下には薄汚れたバスケットシューズが置いてある。人感センサー本体のストラップを柱のL字フックに引っ掛けると、バスケットシューズに履き替え、ダンボール箱からバンデージを取り出して慎重に手に巻いていく。親指周りから始め、拳頭には二重にしたガーゼを当てて、手の甲と手首をきつく絞るようにして巻き終える。

立ち上がると準備体操を省略してファイティングポーズをとり、目の端で壁掛け時計を確認してウォーミングアップを始めた。最初の一分間は単調なジャブをスイッチしながら左右三十秒ずつ。次はジャブ一回にストレート一回のツーコンビネーションを一分間。スイッチしてまた一分間。ツーコンビネーションにフックやアッパーを織り交ぜながら左右一分間ずつ。脈拍が上がり、背中と腰回りの筋肉が解《ほぐ》れてくるのを感じる。

全身鏡の前に移動し、鏡の中の顔にパンチをくれてやる。ツーコンビネーション、フックにアッパー。鏡の中の無表情は変わらない。その顔に侮蔑の視線を向け、腹に連打をくれてやる。苦しめ、のたうちまわれ。念じながら手を、肘を、肩を動かす。鏡に写った壁掛け時計では十分が経過していた。

滲んだ汗を拭い、箱から取り出した十二オンスのグローブを装着し、サンドバッグの周りをステップを刻みながら回り始める。ダッキングしてジャブを連打、ツーコンビネーションでボディにジャブ、顔にストレート。ステップアウトしてまたダッキング、ツーコンビネーションから左右のフック。パシンパシンという軽い音が車庫に響く。拳頭のクッションが薄いため踏み込んで打ち抜くと拳を痛める。

適度に加減しながら打っているとはいえ、それにしてもこの軽い音はどうだ。プロになったやつらは優しく打ってるようでもズドンと腹に響く。音の響きはリング上の存在感に比例し、つまりこの軽い音は俺の存在の軽さでもあるわけだ。今も手加減してると言い訳しながら、音の軽さに苛立ちを抑えきれないところがお前の軽さだ。なあお前、何をやってる。楽しいか。楽しくはあるまい。介護のために実家に帰ったと言いながら、介護する相手に機嫌の悪い理由を尋ねることもできず、独りサンドバッグを叩いて鬱憤を晴らしてる。片付けをしていた母親になぜ話しかけなかった。息が詰まるのか。それでトレーニングを言い訳に母屋を離れたか。お前は何をしている。何のために東京を離れてここに戻った。逃げてきただけか。そんな声にうるさいうるさいと抗いながら栗秋は拳を叩きつけ続ける。

やがて拳頭が熱を持ってきたのを感じたところで動きを止め、栗秋はグローブを外した。ファイティングポーズをとるが拳は握らず手のひらを開く。ワンツーと放つが、サンドバッグを叩くのは掌底だ。ダッキングして懐に潜り込み、左の掌底で相手のあばらを打ち、右の掌底で顎を狙う。退がるときには相手の右腕を左手で引いてバランスを崩し、流れる相手の顔に右の掌底を叩きつける。ふたたび踏み込んでワンツーの掌打で相手の顔を叩く。サンドバッグがパンパンと間の抜けた音を立てた。いずれもボクシングを逮捕術に活かそうと栗秋が工夫した動きだ。目の前のホシを捕まえる。その一念に集中して栗秋は体を動かし続け、そのためにセンサー本体のランプが点滅していることに気付くのが遅れた。史子が外出していた。

11

「課長、なんで栗秋さんは捜査本部に喚ばれないんですかね」

作成した捜査報告書を奥村に渡そうと、課長席に近付きながら細井は言った。

部屋の灯りは、課長席を境として部屋半分しか点いていない。経費削減のために相談係の島のある西側の蛍光灯は消されている。その暗がりから出てきた細井を見て奥村は驚いたように顔を上げた。つい先ほど帰室した奥村は細井に気付いていなかったようだ。他の課員は退庁しているか当直に付いている。

「何だお前、まだいたんか」

「この書類に課長の決裁をいただきたいんで帰りを待ってたんですよ。でも席に着いた途端にあちこちに電話されてましたから、声をかけ辛かったんです」

「何の書類だ」

「川畑さんが挙げた被疑者の、妻の事情聴取結果です。妻は出産前、被疑者から暴行を受けたことがあると供述しました。突発的な暴行だったようですけど。でもまあ今回も被害児童に対して発作的に暴行を振るった可能性があるとは言えます」

奥村は細井から書類を受け取ると一瞥しただけで突き返した。

「送検に使うとやろ、これでよか。勾留は問題なかかな」

「はい。栗秋さんのほうでも小児科医の聴取結果報告書を作ってて、医者先生の言うには被疑者の暴行で被害児童がケガしたのは間違いないということです」

奥村は頷き、それでどうしたと細井を促した。

「栗秋さんのことです。ちょっと頼りないところがあって、能力不足で捜査一課をクビになったんじゃないのと疑ってたんですが、なかなかどうして大したものです。なのになぜウチの帳場にも霞処署の特捜にも呼ばれないのか不思議に思って。指定捜査員でもない川畑さんが喚ばれるほど人手不足なのに、強行の栗秋さんが喚ばれないっておかしくありませんか」

「栗秋正史《まさし》は優秀か」

「まだ一日しか一緒にいませんけど、元警視庁捜査一課というのは伊達じゃなさそうです」

　奥村は背もたれに体を預け、頭の後ろで手を組むと、ぐるりと部屋の中を見渡した。細井以外に課員がいないことを確かめたようだ。

「正史の親父さんがうちの人間だったことは知っとうな」

「はい」

「貴正さんといってな、生安畑が長い人やった。俺も本部で一緒になったことがあるのは話したな。面倒見のよか昔ながらの部長刑事やった」

　奥村と貴正は、奥村が初めて県警本部に上がった生活安全総務課で一緒になった。生活安全総務課は生活安全部の筆頭課で、部全体の施策方針を決定したり各課間の連絡調整をしたりする。その一方で少年課や保安課など他のどの課にも属さない「あぶれ仕事」を処理する雑用係という役割も担っている。

「貴正さんはな、どっちかというと雑用係の担当といった感じやった」

　地味で派手さはないが、多くの人間が嫌がる統計の数字などを前にコツコツと粘り強く仕事をやり遂げる。人当たりもよいので重宝されていたという。

「俺より六つ年上やったが階級は同じ巡査部長で、それでも皮肉の一つも言わんで本部に上がったばかりの俺を指導してくれた」

その後、貴正は所轄に出て警部補になり、所轄署間の異動を繰り返して本部に上がることはなかったが、各署でも手堅い仕事ぶりで人望を得ていたそうだ。

「その貴正さんが三年前に突然亡くなった。しかも自殺だという」

「多臓器不全で死亡と公表されてましたが、自殺の噂は本当だったんですね」

「ああ。田舎の高架橋で身を投げたという話だった。新米刑事のお前まで噂を聞いとったんか、うちは本当に噂好きが多いな」奥村がぼやく。

「それはそれとして、貴正さんは粘り強さが身上の人やったけん、どうしても自殺とは結びつかんかったし、自殺を信じられん生安の人間は多かった。俺を含めてな」

貴正の葬儀は妻の史子が喪主となって行なわれ、当然ながら長男の正史も遺族席に座っていた。奥村は、正史を見て戦慄したという。

「正史の顔がな、刑事の顔やったったい。ホシを探す目をしとった」

現実を受け容れきれないのか、ぼんやりと喪主席に座る史子に代わって丁寧に弔問客に頭を下げながら、その一人ひとりの顔を脳裏に刻み込み、こいつがホシかあいつはどうだと問う目がそこにはあった。

「生安の人間は貴正の長男が警視庁で働いとうことは知っとったし、親しい人間であれば捜査一課で働いとうことも知っとった。だがまさか親父の葬式で被疑者を見る目付きで息子から見られるとは思わんかった。あの目が意味することは一つよ。正史は自殺を信じていない、誰かが父親を死に追いやったと疑っとる。そのことはあの場にいた全員が感じたろう」

だから正史が永久出向制度でＦ県警に就職したことを知ったとき、奥村は驚き、ふたたび戦慄を覚えた。正史は、貴正の死の真相を自ら探るつもりではないか。奥村はそう考えたし、一緒に葬儀に出席した同僚らも同じだった。そして葬儀に居合わせた職員を中心としてじわりとそうした噂が広まった。

「貴正さんの死を自殺と判断したのは言うまでもなく刑事部やけん、Ｆ県警の刑事部に警視庁捜査一課の元刑事が挑む、なんてことを言う奴まで出てくる始末だ。まあ無責任なもんだよ、噂好きというのは」背もたれに体重を預け頭の後ろで手を組んだまま奥村は言った。

「投身自殺ということでしたよね。自殺の判断に問題はなかったんでしょうか」

「分からん。問題があっても情報は生安には回って来んやろ。でもさっき言ったとおり生安では自殺を信じられん奴が多かった。俺たち生安刑事も刑事の端くれたい、思わぬ人間が自殺することくらい分かっとうが、それを差し引いても貴正さんの自殺は信じられんやった」

「じゃあその噂のために栗秋さんは刑事部で嫌われてるんですか」

細井の言葉に奥村は苦笑した。

「そう単純なもんじゃなか。仮にも永久出向の考課に通ったんやけん正史が優秀なことは分かるし、人手不足はどこも一緒やから、そげん優秀な奴なら刑事部も活かしたかろう。それに貴正さんに世話になった職員は刑事部にもおるし、正史に同情的な人間も少なくない。そうは言うても刑事部を揶揄する噂は捨て置けんし、何より正史が何を考えとうのかよう分からん。その結果が今の、強行犯係ではあるが捜査本部には喚ばれん立ち位置やなかろうか」

奥村は言葉を結び、腕組みを解くと机に向かって書類の整理を始めた。話は終わりということらしい。

その姿を見て、あることに細井は思い至った。川畑が特捜に引っ張られることが決まったとき、奥村が栗秋を後任に当てることを主張したのではないか。自署の捜査本部と霞処署の特捜本部に捜査員を取られて築紫署は人手不足が著しく、課というセクションにとらわれずに職員をやりくりして日々の業務を回している。ならば貴正の忘れ形見である栗秋の実力を見てみたい、栗秋が何を考えているのか、葬儀で栗秋が見せた刑事の目が今は何を見ているのか知りたいと、そう奥村が思ったとしても不思議ではない。
――少なくともこの事件を捜査しているうちは、
細井は考えた。
――課長は栗秋さんの監視をすることもできるし面倒を見ることもできるわけだ。せいぜい栗秋には働いてもらうことにしよう。どこか頼りないところがあるから、僕がしっかりと手綱を握っておかないと。不器用な手付きで書類をまとめる奥村を見ながら細井は独りごちた。

12

――クソッ、どこだ。
栗秋は住宅団地の一角にある公園で息をついた。この二十分間、住宅団地の中を走り回ったものの史子の姿を見付けることはできなかった。公園のベンチに座り込みながら、落ち着けと自分に言い聞かせ、夕食時の史子の姿を思い出した。終始厳しい表情で機嫌を損ねている様子だったが、その表情にあったのは恥辱とか屈辱とかではなく、だからお漏らしとか便所を汚すとかいった排泄のトラブルではないと判断できた。

最近ようやく史子も笑ってやり過ごせるようになった、人や物の名前が思い出せないといった健忘の類いでもないだろう。すると見当識の喪失とみるのが妥当で、時間の感覚、場所の認識、状況の把握という見当識の中で史子にもっとも顕著なのは場所の認識の喪失、つまり道迷いだ。

——昼間迷ったところに戻ったか。

見慣れ、通い慣れているはずの場所で道に迷う。本人にとっては受け容れがたく信じがたい出来事で、自分の記憶を確かめるために後から道迷いの場所に戻ろうとする人間がいると聞く。しかし失われているのは記憶ではなく見当識なのだから、自らの記憶を確認しようとする行動は意味がなく、到底納得は得られず健常を保っていればいるほど当人の絶望は深まっていく。途方に暮れる史子の姿を思い浮かべ、焦りの募る栗秋は訪問看護ステーションに電話をかけて今日の史子の行動を確認しようと思ったが、車庫から飛び出してきたためスマートフォンを家に置いてきたことに気付いてさらに焦りが募った。落ち着けとふたたび自分に言い聞かせる。探す相手が成人だから焦りだけで済む、これが幼子だったら心配はいかほどだろう。連れ去り、わいせつ、殺人。幼子を取り囲む環境はかくも厳しく、もっとも安全でもっとも安心できるはずの家庭であっても虐待の危険が潜む。

——堀尾よ。

思いはいつしか史子を離れ、心の中で栗秋は雄次に呼びかけた。被疑者を思い出して呼びかけるなどということは、事件は事件、被疑者は被疑者と割り切る栗秋には滅多にないことである。被疑者の更生を考え相手の立場に身を置いて考えるという刑事もいるが、栗秋はまっぴら御免だった。

——子供が泣いたか。育児に疲れたか。思い通りにならぬ苛立ちか。でもな、子供はいずれは巣立って育児は終わるだろ。だが親が巣立つことはないぞ、ただ死を看取るだけだ。死が終わりなんだ。

言わないでも分かって欲しいという苛立ち、なぜ分かってもらえないのかという悲しみ、どうせ言っても分かってもらえないという諦めが徐々に精神を蝕み、無気力へと繋がっていく。かといって言ったら言ったで詮無きことを言ってしまったという後悔が残る。それは育児でも高齢者介護でも同じだろうと思う。だが栗秋は、自らの介護の出口は史子の死しかないという残酷さを感じていた。

おおい、と声が聞こえ栗秋は物思いから引き戻された。声の方向を見ると公園入口へと繋がる道路の街灯の下に、白い自転車を押して歩く制服警官と史子の姿があった。

「正史巡査部長だな、ちょうどよかった」制服警官が歩み寄ってくる。老年に差しかかった男の顔に見覚えはなく、素早く読み取った階級章から相手が警部補であることが分かった。立ち上がり一礼する。

「駅前交番の花田《はなだ》という」花田は栗秋の顔を覗き込み、わははと大笑した。「おいおい親父さんに似ずにハンサムだな。史子さんの夜道が心配なんで付いてきたが、栗秋の息子に会えるとは思わなかった」

「父とはどういう……」花田の勢いに呆気にとられながらも父との関係を問い質そうとしたが、花田は栗秋にみなまで言わせず「同期だよ」と言い、それですべての説明が終わったと言わんばかりだった。太い眉に丸い目、張り出した顎、がに股気味の足の上に乗った胴は樽を思わせる。花田は突き出すようにして顔を史子に向けた。

「史子さん、息子さんとちょっと話したい。申し訳ないが、ブランコにでも座っててくれんか」

史子は素直に頷き、公園入口の脇にあるブランコに腰掛けた。足を前に投げだし、軽く前後に漕ぐ。キイキイと音を立てるブランコに喜ぶその顔は幼子のようだった。

自転車のスタンドを立てた花田がベンチに座り、栗秋にも座るように促した。小声で事情を説明する。

「史子さんが駅前で迷っているのを警ら中のうちの者が見つけた。本官も何度かお宅に呼ばれたことがあるんだがな、史子さんは本官のことが分からんようだった。どうしたもんかと思ったんだが、家に帰ってもらうにしても家族の者に迎えに来てもらわねばならん。ならば本官が送ったほうが早かろうと思って、ハコは若い者《もん》に任せて出てきた」

「花田さんは」「ああハコ長をやっとる」また栗秋の質問を先読みするように花田が答えた。

「母は認知障害を患ってます」栗秋は花田と同じく小声で告げる。

花田は、やはりそうかという納得とも憐憫ともつかない表情を浮かべたが、それはほんの一瞬ですぐに話題を変えるように言った。

「でもなんだ、君がこっちに帰ってきていることは知っていたが、実家に住んでるとは思わなんだ。父の同期がハコ長をやっとるんだ、君も挨拶ぐらい来てもよかろうに」

「すみません」駅前交番の交番長が父の同期だとは今の今まで知らなかったのだが、それでも素直に謝った。

「父とは」「たまに会って飲む仲だった。卒配こそ違えどその後は同じ署になることが多くてな。貴正は生安、本官は地域と進んだ道こそ違うが、そこはやはり同期、互いの働きぶりは気になったもんだ」一枚板が入ったように背筋を伸ばして座る花田は遠い目をした。

「親父さんはな、人の話をよく聞くいい刑事だった。相手の立場に立ち親身になって動いた。少年係でも防犯係でも重宝された理由が分かるというもんだ」

「家ではほとんど喋りませんでした」

「君のこともよく話していた」栗秋の両手に巻かれたバンデージを指差し、「高校では県大会でベストエイトに入ったらしいな。大学でも続けてたんだろ」

「同好会に毛が生えたようなものです」

「頭も悪くないらしいじゃないか。俺たちは高卒だったからな、子供は大学に入《い》れないかんと呑みながら話し合ったもんだが、なにせ自分たちが大学受験をしてないもんだから何をどうすればいいか分からん。塾に入れて放っておくしかないかと笑い合ったもんだ。君が東京の大学に行くと決まったときは嬉しそうだったぞ。寂しくはないのかと聞いたら、今どき東京なんていつでも遊びに行ける、それにたまに会うほうが気楽でいいと言っとった」

父が、自分のことを同期との酒の席で話題にしているとは思わなかった。栗秋の頭に思い浮かぶのは無愛想な父の顔だ。

「親父さんがそれ以上に喜んだときがあるが、知ってるか」

「いえ」父のことをほとんど知らないという自覚のある栗秋は、考えることもせず即答した。

「君が警察官になると決めたときだ。そりゃあ鼻の頭を膨らませて大得意だった。二代続けての警察官、自分の育て方は間違ってなかったと言ってな。あまりに癪に障ったんで、親がなくても子は育つ、何がお前の教育の成果だ、苦労したのは史子さんじゃないかと言ってやったが、まったく聞いてなくて呆れたもんだった」

「でも私はF県警ではなく警視庁に行きました」

「もちろん知っとる。だがそれも含めて親父さんは喜んでいた」

「喜んでいた？　F県警に入らなかったから怒っているんだろうと思っていました」

「それはないな。大学も東京だったから君があっちに残るのは当然だと思っていたようだった。それに警視庁は首都警察だし、親父さんはF県警の地方警察としてのいいところも悪いところも知っとったからな。昔は人事交流でF県警でも優秀な奴が警視庁に出向していたから、むしろエリートコースだと思ったんじゃないか。捜査一課に配属になったときもそりゃあ鼻高々だったぞ、息子が赤バッジだと言ってな」

意外だった。捜査一課に配属されて父が生きている間に二度だけ帰省したが、その際に父が捜査一課のことを話題に出すことはなく、ただ栗秋が勤務の過密さについてぼやくと「刑事なら休みがないのは当たり前」のひと言で片付けられ、聞き飽きた刑事の心構えを焼酎を飲みながらくどくどと話すものだから辟易したものだった。

「貴正が自殺したなんて信じてないんだろ。俺もそうだ」

突然氷の刃を頰に当てられたような気がした。

「誇りにする息子がいるのにあいつが自ら命を絶つとは信じられん。君だってそうだろう、だからF県警に戻ってきた」

栗秋は隣に座る花田の顔を見た。真剣な顔だった。栗秋の真意を探ろうとする駆け引きの言葉ではなく、心からそう信じている言葉のように思えた。

「私が戻ってきたのは、母の介護のためです」花田が信じるはずもないと思いつつ栗秋は答えたが、花田は頷いただけだった。

「葬式の後、貴正から何か聞いていなかったか同期に聞いて回った。いいや聞いて回ったというのは違うな、自然と同期が集まって情報を出し合ったと言ったほうがいい。それだけ同期の間で貴正の死は不可解なものだった」

花田は制帽を脱ぐと顔をハンカチで拭う。思いのほか後退した額がそこにはあった。

「あれから三年が経ってしまった。俺はもうすぐ定年だ。このまま真相を知ることはないんだろうが、君がF県警にいるというのは心が安まる」

花田は制帽を被りながら立ち上がった。

「長話が過ぎたようだ、史子さんが退屈している。家に連れて帰って休ませなさい」

13

雄次は天を見ていた。

実際には雑居房に窓はなく、薄暗い房の片隅に敷かれた布団の中から無機質なコンクリート天井を見上げているのだが、それでも雄次の目は天を見ていた。

――なんで。

その一言が雄次の心を占めている。なんで俺が、なんで俺だけ、なんでこんな目に、なんで誰も助けてくれない。怒りとも諦めともつかないその一言が雄次の脳裡に浮かんでは消え浮かんでは消えを繰り返し、他のことを考える余裕はなく陽真の病状や真希の健康を心配する気持ちが辛うじて意識のごく浅い表層に顔を覗かせはするものの、思うそばからすぐに「なんで」の言葉が頭蓋に響き渡ってそれらの思いを打ち消す。会社欠勤のことも住宅ローン支払いのことも切迫した問題であるはずなのに、「なんで」の一言を越えて雄次に迫ってくることはない。

「会社には私から電話しておきます。奥さんに病欠と連絡してもらうのも一つの方法ですが、堀尾さんのことは新聞に載りましたので、無実を訴えていることを含めて正直に正確に説明しておいたほうがいいでしょう」

真希の依頼で面会に来たという、雄次とさして年が変わらないであろう弁護士が地元紙の夕刊を鞄から取り出した。「長男に暴行」の見出しが社会面の一段ベタ記事に載っている。雄次は、弁護士が接見室のアクリル板に押し付けた新聞の文字を、ともすれば遠ざかりそうになる意識を押し止めながら目で追った。築紫署は生後二ヶ月の長男に暴行を加えたとして会社員の堀尾雄次容疑者を逮捕した、と簡潔に記載されている。

「お願いします、お任せします」目を瞑り耳を塞ぎ頭を抱え込みたくなる衝動を抑え、やっとそれだけを雄次は答えた。

弁護士が取調べを受けるにあたっての注意事項を細々《こまごま》と雄次に説明するが、その言葉のほとんどは新聞で報道された衝撃の残る雄次の頭を素通りしていった。

「……ですので黙秘して下さい」漫然と素通りしていく言葉の中で「黙秘」の一言が鉤《はり》のように耳に引っ掛かり、絶望感に沈んでいた雄次の心を騒めかせた。

「待ってください、お話ししたように私はやってないんです。なんで黙秘しなければならないんですか」

弁護士は説明を止め、持っていたボールペンで困ったように頭を掻いた。

「雄次さんがやってないことは信じてますよ」今までの説明を聞いていなかったのかという苛立ちが微かに弁護士の顔に浮かんでいる。

「でも言ったでしょう、重要なのは証拠なんです。取調べが録画されていたとしましょう。それでもし雄次さんが喋ったことと矛盾する証拠が出てきたらどうします。検察官は、証拠と矛盾する不合理不自然な弁解を雄次さんがしていたとして、取調べの録画ビデオを裁判で使おうとするでしょう。そして必ず警察は雄次さんの弁解を潰しにきます。それまで寝ていたという弁解であれば、寝ていなかったという証拠を集めてくるんです。どうやると思います？　簡単ですよ、救急隊員や目撃者から『父親は冷静でそれまで眠っていたようにはとても見えませんでした』という供述を取ればいいんです。いいですか雄次さん、警察官に喋るなんて百害あって一利なしです」

「でも、やってないとひと言言うくらいは」

「そのひと言が命取りになるんです。いいですか相手は取調べのプロなんです。そのひと言を糸口にして、次々に質問してくるでしょう」

弁護士は口調を変え、猫撫で声で「やってないのか、よしよし分かった。じゃあやってないということを証明してみせてくれ。事件のあった日、夕食は何時に何を食べた。食べ終わってから何をした。奥さんが出て行った時間は。一人になってから何をした。焼酎はどれくらい注いだ。その間子供はどうしていた。覚えてない？　それは通らないぞ、お前がやってないと証明しないといけないんだから。よく考えて思い出すんだ」と取調官を演じて見せ、「まあ、こんな感じです。いいですか、ひと言話せば嵩にかかって攻めてきますよ」と雄次に力説した。

雄次には意味が分からなかった。いや弁護士の説明は分かるのだが、それでもなぜ本当のことを自分が話してはいけないのか、感情的な部分で納得できない。それでも雄次は黙秘することを弁護士に約束した。

――なんで、がまた一つ。なんでやってないと言ってはいけないんだ。

雄次は天を睨んだ。

増田が言っていたんだから、陽真の頭に血腫があったのは間違いない。じゃあ何が原因かと言われると、雄次にはまったく心当たりがない。真希か。真希がやったのか。理性ではそんなことはありえないと打ち消しつつも、心の奥底の暗闇の中では真希しかいないだろうという思いを打ち消すことができず、その思いとともに新たな「なんで」が生まれてしまう。量産される不毛な「なんで」を、天を睨むことで消化しようとするかのように雄次は天井に向かい合っていた。

そういえば不妊治療を受けているときも、一人で天を睨んでいた。隣で真希が寝ていても心はいつも独りだった。なんで子供が出来ないのか。なんで自分たち夫婦が不妊なのか。自然妊娠は望めず不妊治療を受けるしかなかった。自分の稼ぎでは追いつかず、妻の貯金に頼る生活。紙コップに精液を出して提出する屈辱。ニヤけた顔の高飛車な医者に体外受精術を施される妻。ようやく子供が出来たと思ったら、その子供に暴力を振るったとして逮捕された。なんで俺だけこんな目に。

同房者の鼾が響き渡る房のなか「なんで」に埋め尽くされながら、雄次は天を睨み続けていた。

14

朝の掃除で先輩たちの机を拭き終わった細井は、部屋に入ってきた奥村に呼ばれた。

「堀尾の件、傷害の内容は硬膜下血腫だったたな」

「ええ」

「SBS理論というのは知っとうか」

「小児科の先生に一席ぶたれましたよ。なんでも児童虐待の見逃しを防ぐ救世主だとか。それにしてもさすが課長、よくご存じですね。私はまったく知りませんでした。ひょっとして生安では常識なんですか」自分は刑事としての常識が足りないのかと心細くなって細井は聞いた。

　すると奥村は細井の問いには答えず、妙な顔をして一枚の紙を細井に差し出した。

　受け取った細井が紙面に目を走らせると、『SBS（乳幼児揺さぶられ症候群）理論に基づく虐待傷害被疑事件の検挙について』と題された警察庁生活安全局からの各都道府県警宛て内部通知だった。

〈SBS理論は被虐待児の発見と傷害被疑事件の摘発に有用と認められるからこれを遺漏なく適用し、もって児童虐待事件の予防と摘発にますます努められたい。なおSBS理論とは乳幼児に硬膜下血腫に代表される三徴候が認められたときには最終に監護した成人が通常の範囲を越える強度の暴力的揺さぶりを頭部に加えたものと考えて差し支えないとする理論である〉という、警察庁からの通知にしては異例なほど簡易なもので、通常ならば本紙の後ろに添付されている、具体例や適用基準が記された別紙も付いておらず、詳細は追って別途通知する旨が付け足しのように書かれていた。

「何ですかこれは」出来損ないの通知に思わず細井は突っ込んだ。

「俺もよう分からん。今日回ってきた文書で、おまけに本部の生安部から該当案件があれば知らせろと言ってきとう」

「へえ。ますます訳が分かりませんね、どういうことなんでしょう」

「ともかく堀尾の件を上げとくけん、栗秋にはお前から伝えとって」

了解と答えつつ、結局どういうことなんだろうと細井は考えあぐねた。


山口の名刺には相談第一課課長補佐兼相談第一係長の肩書きがあった。鉄筋コンクリート造二階建てのF県玖目児童相談所。細井は何度か訪れたことがあるが山口とは初対面だ。二階にある面接室で細井たちに応対した山口は、名刺交換が終わるや「児童虐待についてどの程度の知識がおありですか」と挑発的に栗秋に問いかけて細井を驚かせた。

「ほとんどありません」今日も笑顔の仮面を被った栗秋は穏やかに返し、その答えを聞いた山口の目に侮りの色が浮かぶ。

面会室は六畳ほどの部屋で、薄桃色のカーペットが敷かれており、中央に四人掛けのテーブル、扉横の壁際には淡黄《たんこう》色の長ソファが置いてある。壁の一面には、隣室から面会室の様子を観察するためのマジックミラーと思しき窓が設置されていた。

テーブルに座る山口のひっつめた髪には脂気がなく、化粧もしているかしてないか分からないほど薄く、隠しようもない厳格さが漂っている。どうやら本人もそれを自覚しているようで、意識的に雰囲気を崩そうとカジュアルな格好を心懸けているようだが、足首まである濡羽色のスカートに薄い抹茶色のブラウスではとても成功しているとはいえない。

——苦手だなあ、こういう人。

事情聴取に個人的好悪は無関係、虚心坦懐に話を聞くべきが刑事の心得と分かってはいるが、それでも細井は心の中で早々に白旗を揚げた。

「川畑さんはそれは熱心に勉強されてました。どうして川畑さんがいらっしゃらないのですか。担当者を安易に変えるなんて、警察は児童虐待を軽視してるんじゃないですか。こんなことで連携がうまくいくとお思いですか」

「申し訳ありません、やむをえぬ事情がありまして。どうか捜査へのご理解とご協力のほどをお願いします」

山口のクレームに、栗秋は正面から答えることなく捜査協力の大義名分で論点をずらして誤魔化した。論点ずらしは市民の苦情をやり過ごす常套手段で、交番経験を経れば自然と身につく技術だ。山口は不服そうに口を歪めたが「もちろんですとも。陽真くんの安全が第一です」と応じる。

「今日、被疑者が検察に送致されますので、検察からこちらに問い合わせがあるかもしれません。それで事前に情報共有させていただこうと思い伺いました」山口の非難がやんだのを見計らって栗秋が言う。

児童虐待事件の場合、検察官は被害児童の状態を確認するために児童相談所に連絡を取ることが多い。被害児童からの事情聴取が可能か確認し、児童相談所の権限で行なう一時保護、つまり親から児童を隔離し養護施設などに保護する措置が採られているかどうかを確認するためだ。

「陽真くんについて何らかの措置を採られていますか」

「特段の措置は採っておりません。陽真くんは増田病院に入院中で、父親は拘束されています。母親が虐待に関わっていたと認められる積極的な事情は見つかっていませんので、職権保護の緊急性はないとうちの方針検討会議が判断しました」

山口は「積極的な」の一言に力を込め、細井はおやと思った。真希が虐待に無関係とは考えていないことを言外に匂わせているのだろうか。児童相談所の所長や課長などが加わって事案を検討する方針検討会議を引き合いに出したことからすると、山口自身は一時保護を主張したのかもしれない。一時保護の処分を下してその保護を病院に委託すれば、病院における親と子供の面会も児童相談所の権限で制限できる。真希による虐待をも山口が疑っているとすれば、方針検討会議で山口が一時保護を主張したことも十分考えられる。生活安全課に配属されたときに学習した児童福祉法の知識を総動員しながら細井は考えた。

「セカンド・オピニオンについてはいかがでしょう」

被虐待児に外傷が見られる場合、児童相談所は連携する医師のセカンド・オピニオンを取得することが多い。児童相談所が得たセカンド・オピニオンは警察にとっても重要な証拠となる。

「もちろん取りました。カルテとCT画像からして高橋先生の診察に問題はなく、診断結果に同意なさるそうです」

「その医師は虐待に精通された先生でしょうか」

「もちろんですとも。川畑さんも参加されている、虐待に関する勉強会の幹事をされている先生です」

「それって高橋先生も参加されているやつですよね」

細井が口を挟むと山口の目が吊り上がった。

「だから何だと言うんですか。斉藤先生が依怙贔屓《えこひいき》をして髙橋先生の診断を認めたとでも言うんですか」

斉藤というのはセカンド・オピニオンを述べた児童相談所の協力医だろう。それにしてもやっぱりこの人は苦手だ、栗秋に任せてしまおうと細井は勝手に決めて、高橋のときと同様に口を噤むことにした。そういえば山口の生硬さは高橋に通じるものがある。

「高橋先生の診断結果というのはＳＢＳ、乳幼児揺さぶられ症候群のことですね。ＳＢＳは児童相談所では広く認知されているのですか」

栗秋の質問に山口は呆れたように答える。

「児童相談所に限らず、子ども福祉の世界では常識ですよ。医師や弁護士が書いた福祉関係者向けの本でもたくさんＳＢＳは解説されています」

「高橋先生から教えてもらったのですが、ＳＢＳの診断基準としてＳＢＳ理論というものがあるそうですね」

「硬膜下血腫、網膜出血、脳浮腫が認められれば暴力的な揺さぶられが頭部に加えられたと判断してよい。そしてその揺さぶられは最後に一緒にいた成人によって加えられたものと判断してよい」言い淀むことも詰まることもなく、山口は唱えるようにＳ

ＢＳ理論を簡略に述べた。

「その理論なんですが、疑いの目を向けている先生もいるようなんですよ」

名前を伏せて栗秋は言ったが、山口はすぐに「増田先生ですね」と言い当てた。

「本当に、本当に残念なことに増田先生は昔ながらの古い先生で、最新の理論をご存じないし勉強なさろうともしないんです。あの人がもっと真面目だったら虐待から救えたはずの児童は多いと思います。地域の中核的な先生があんな人で本当に残念です」無念やるかたないというふうに山口は吐き捨てる。

「あの人は児童虐待防止法が改正されるまで、医師の守秘義務を楯に取って配下の小児科医に児童相談所や警察への虐待疑いの通告を禁止していたんです。法律が改正されて通告が義務付けられると、今度はＳＢＳ理論に因縁を付けて配下にその診断基準を適用させないようにして通告を妨害する。診療費を払う親の目ばかり気にして、虐待をなくそうという熱意がないんですわ」

「配下とは、いささか大袈裟な言い方ではありませんか」

「あの人の力を侮ってはいけません。増田理事長はＦ県の医師業界を牛耳るドンの一人なんです。Ｋ大の産婦人科の前任教授や現教授と親しいことをいいことに地方病院の人事にまで口出しし、産婦人科だけでは飽き足らず次男を小児科医にして病院に小児科まで作って、最近ではK大学の小児科の教授選にまで介入したそうですよ。新しい教授は次男の指導医なんですって」

「非常にお詳しいですね。ひょっとしてそれは高橋先生から教えてもらったのでしょうか」

　山口はなぜか顔を赤らめて頷いた。しかし栗秋は山口と高橋の関係をそれ以上追及することなく「増田先生にはカネがあるんですね」と聞いた。

「ええ」情報源が高橋であることを指摘されて動揺したのか山口は早口で喋り始める。

「産婦人科でカネを稼いだあの人は、社会貢献などと言って当時は——今もですが——少なかった救急小児科を小児科に併設して自治体や児童相談所から歓迎されました。ところが救急小児科が金食い虫と分かると、手のひらを返すようにあっさりと廃止したんです。自治体に何の相談もなくですよ。そして今度はF市にIVFセンターを作ろうとしている。流行に敏感なだけの、カネの……」

　山口は語尾を濁した。カネの亡者。そう吐き捨てようとしたのだろうが、相手が警察官であることを思い出して口を閉じたのだろうと細井は思った。

「IVFセンターですか」語尾の曖昧さに気付かなかったように栗秋が尋ねる。

「不妊治療と体外受精つまりIVFに特化した病院です。関東や関西では珍しくないようなんですが、Ｆ県には不妊治療を扱うクリニックはあるものの不妊治療とＩＶＦを専門にする大規模な病院は存在しないようなんです。高齢出産が増えるのを見据え、あの人はＩＶＦセンターには需要があって儲かると考えているそうなんですよ」

細井は、一ヶ月の不妊治療費用として二十万円かかることもあると言っていた真希の話を思い出した。なるほど少子化が進んで出産が減っていく一方の現状では、不妊治療は産婦人科の貴重な稼ぎ手になるだろう。

「Ｆ市の中心地に日本最大規模のセンターを整備していて、増田病院のみならずＫ大の医局を巻き込んだ人事異動があるという噂が一年以上前から流れているそうです。産婦人科棟が騒がしいと嘆いていました」

「嘆いていたのは高橋先生？」ここぞとばかりに細井が突っ込むと、山口はふたたび顔を赤らめて頷いた。

おやおや、でもまあ俺と気が合わないところなんかお似合いかもしれないと細井は妙に納得した。

「えらい言われようでしたね、増田理事長」運転席に乗り込んだ細井が、助手席に座った栗秋に言う。「でも公務員にあそこまで悪し様《あざま》に言われるんだから、ある意味大したもんですね」

「毀誉褒貶が激しいということはそれだけ理事長に裏表がないということです。我々としては取り組みやすい相手ですよ。それに比べて次の法医学の先生はなかなか気難しい方のようです」

「強行犯係にいる栗秋さんも会ったことないんですか」

「刑事部でも法医学教室にお邪魔するのは鑑識がほとんどですから。うちの課長に井之本《のもと》教授の機嫌を損ねないようにと忠告されました」

警察学校での解剖見学を細井は思い出した。血液体液を流すための排水溝を備えたステンレス製の解剖台に載った遺体を、天井からの白く強い光が照らす。白いビニールの前掛けを付けた初老の法医学教授が、切り開かれた胸に覗く胸骨を大きなニッパーのような道具でパチンパチンと切断していく。それを脚立の上から撮影する立会鑑識係員。細井たちは部屋の片隅に設けられた見学者用階段展望台でその様子を見守った。同期生の中には、充血した目を瞬《しばた》かせながら口を固く引き締め必死に吐き気を堪《こら》えている様子の者もいた。

――苦手だなあ。

今日何度目かになる言葉を心の中で吐きながら、遠くに見えてきた玖目大学の建物に向けて細井は車を走らせた。

15

「それで、見て欲しいものとは」

机の上には医学書や論文雑誌が乱雑に積み上げられている。その片隅に二人から受け取った名刺を置き、灰色の事務用回転椅子に座った井之本が白衣のポケットに両手を突っ込んだまま聞いた。

「このカルテです」パイプ椅子に腰掛けた栗秋が、自分と同年代であろう目の前の女医に陽真の診療録を手渡す。診療録は高橋の意見書に添付されていたものだ。井之本は右手をポケットから出して受け取ると、机の上に置いてから緩い曲線を描く長髪を耳に掻き上げ、診療録を捲《めく》った。

「ふーん二ヶ月児の診療録の抄本か。硬膜下血腫。悪いが生体には詳しくない、全治期間なら小児脳神経科医に聞いて」

「違います、傷害の程度を知りたいのではありません。傷害の発生機序について教えていただきたいのです」

井之本は切れ長の目を栗秋に向けた。濃くはないがそれなりに化粧に力を入れているようだ。瞼に引かれた落ち着いた紺藤色のアイシャドウ、唇に乗ったやや派手にも見える珊瑚朱色の口紅。ただでさえ整った目鼻立ちがより強調されて、白衣を着ていなければとても医者には見えないだろうと細井は思った。

「そんなことは保護者に聞けばいい」朱の唇が不満げに動いて言葉が吐き出された。

「その保護者が逮捕されています」

「虐待案件ということか。それで暴行を否認している」

「そうです。ですからこのカルテから分かる情報を教えて欲しいのです」

「発生機序というのは血管の破綻から血腫の形成までのことかな。それなら答えは一緒、分からない。乳幼児の血管はあまりに微細で、最大の血管である架橋静脈が破綻したのかですら判断が難しい。二ヶ月児なら血が止まりさえすれば血腫は自然と吸収される可能性が高い。だから脳内圧が高まらない限り臨床的には経過観察でオーケーで、どこから出血しているか特定する意味もない。いいかい、乳幼児の頭部血腫は急性か慢性かを判断するのですら難しいんだ」

「では出血原因について何か分かれば教えてください」

「虐待案件なんでしょ、親の暴力じゃないの」

「客観的所見からそれを裏付けられないか見ていただきたいのです」

相も変わらず笑顔のまま粘り強く尋ねる栗秋に、井之本は思いがけない言葉を口にした。

「あなた、警視庁の捜査一課にいたでしょう」

栗秋の動きが止まる。それでも栗秋は笑顔を崩さず、ただ捜査メモ帳を鉛筆の尻でとんとんと叩いて少し間をとった。それから「永久出向の記事でも読まれましたか」と尋ねる。

井之本は首を横に振った。

「以前、東京の医大で助教授をやっていたことがある。ある日、母娘の遺体が同時に運ばれてきて、その遺体に付き添っていたのがあなただった。遺体に鑑識が同行してくることは珍しくないが、解剖も終わってないのに赤バッジが来るのは珍しい」

心なしか栗秋の顔が歪んだように細井には見えた。

「あなたの顔は真っ青で、遺体の夫かと思ったぐらいだ。私が大塚に行く前の最後の解剖だったから、よく覚えてる」

「四年前の秋のことですか」笑顔を歪めた栗秋が呻くように言い、井之本が頷く。

「母親が娘を包丁で殺した無理心中事件。娘は確か三歳だったかな」

「そうです、三歳になったばかりでした」

「嫌な世の中だな、まったく。それでこの事件だけど、硬膜外血腫があるのに外傷がないんだね。画像上は見当たらないし所見欄にも記載されていない。そして網膜出血。これを書いた医師は三徴候を意識して診療録を作ってる」

「ご存じですか」

「SBS理論か。困ったものだ」井之本は宙を見上げた。綺麗な首筋が露わになり白衣の下の黒いブラウスの隙間から鎖骨が見えた。見てはいけないものを見てしまったようで慌てて細井は目を逸らした。

「困ったもの、ですか」細井の動揺をよそに栗秋は宙を見つめる井之本に尋ねる。

「血腫が形成されているから何か出血の原因があるのは確かなんだろうが、それを暴力的揺さぶりによるものと決めつけるのはどうかと思う。しかも最後に一緒にいた成人の行為と考えるべきというんだろう。ちょっと、ね」

「違うのでしょうか。診断した小児科医は科学的根拠があると言っていましたが」

「確かにSBS理論を支持する学術論文はある」

「では医学的にSBS理論は間違っていないという理解でいいのですね」

「間違っているとは言えない」奥歯に物が挟まったような言い方だった。「とにかくこの件、増田病院の小児科医がSBSと断定しているならば、診療録上それを否定する所見は見当たらない。それでいいだろう」

井之本は診療録を栗秋に差し出したが、栗秋は受け取らなかった。

「先生は何が気になっているのですか。できれば教えていただきたい」

栗秋が受け取らないのを見てとると、井之本は診療録をふたたび雑然とした書物の山の上に放った。

「私があなたのことを覚えていたのは、無理心中事件だけが理由じゃない。捜査一課の方によろしくと言われたことがあるんだよ、わざわざ電話をかけてきてね」

井之本の言葉に今度こそ栗秋の笑顔が凍り付く。そんな栗秋に、井之本は事の次第を話し始めた。

解剖数を増やして経験を積むために、井之本は文京区の大塚にある東京都監察医務院の監察医となった。監察医務院の仕事は行政解剖で、行政解剖も死因究明が目的だから令状を得て行なう司法解剖とやることに大差はなく、それでいて件数はやたらに多い。必然的に、大学教室にいたころに比べ鑑識やら捜査一課やらの人間と会う回数も増えて、そのうちの何人かとは気軽に話す仲になった。

監察医になって一年が経ったころ、玖目大学法医学教室の教授が死亡し、そのポストが空いた。しかし全国的に法医学者は不足しており、予算も少ない地方の私立大学の教授職を引き受けようという者は容易に見つからず、遂には法医学教室の廃止が検討されるに至った。これに慌てたのがF県警だ。

県下に四つしかない法医学教室の一つが廃止されれば、司法解剖のみならず科学捜査の要《かなめ》の一つである法医鑑定にも支障を来し、ひいては県警全体の捜査能力が低下する。事態を危惧したF県警が玖目大学理事会に寄付金を約束して法医学教室存続を要請し、さらに警察庁を通じて人材を探した結果、白羽の矢が立ったのが井之本だった。

井之本が玖目大学の教授に就任してさらに一年が経とうとするころ、監察医務院で顔見知りになった刑事が井之本に電話をかけてきた。

「あなたがね、F県警に異動になったのでよろしく頼むと。驚いたよ、そんなことを言うためにわざわざ電話してくるなんて。何かあるなと思って問い質したが、昔の部下でいろいろありまして、と言うばかりで肝心なところは話してくれなかった」

考え込んでいた栗秋が「浅田」と呟き、井之本が頷いた。「私がいた係の主任でした」と井之本とつかず細井とつかず栗秋が説明する。

浅田という主任刑事が言った「いろいろ」とは、母親の介護のことだろうか、それとも父親の死の真相を探ることだろうか。しかし細井の考えと全く異なることを井之本は言った。

「あの無理心中事件が関係しているんじゃないか。あなたの様子は明らかにおかしかったし、今から思えば後から来た浅田さんの様子もおかしかった。あなた、ひょっとしてあの事件がきっかけで警視庁を去ったんじゃないか」

「今回の捜査には関係のないことです」

口調を強めて栗秋は言ったが、井之本は怯まない。

「本当にそうかな。被疑者にとって不利な、つまり警察にとっては有利な医師の意見があるのに、わざわざセカンド・オピニオンを求めに警察官が来るなんておかしいじゃないか。普通なら検察官に送付して終わりだろう。この捜査にあなたの個人的な思いが影響していないと本当に言い切れるのかい」問うような眼差しを井之本は栗秋に向けたが、すでに栗秋はいつもの笑みを浮かべていた。

「通常の裏付け捜査ですよ。それにしてもなかなか手厳しい。井之本教授はいつもこのような感じなのでしょうか」

「私も暇じゃない、浅田さんの電話がなければこんなに構ったりしない」

「浅田からの電話は忘れてください。それにいま私が知りたいのは、SBS理論の科学的な信頼性です。乳幼児に三徴候が現れたら、最後に一緒にいた人間が暴力的揺さぶりを加えたと判断していいのでしょうか」

「本当に知りたいのかい」井之本の言葉に栗秋が頷く。

「断っておくが私も専門家じゃない。法医学の世界で一般的に知られている程度の知識しかないが、それでもいいんだね」

井之本の断りにふたたび栗秋が頷く。仕方ないと諦めた様子で髪を掻き上げ、井之本は説明を始めた。

「結論から言えば、ＳＢＳ理論の科学的信頼性は未だに決着がついていない、医学上も悩ましい問題なんだ。ＳＢＳ理論を積極的に支持する積極派、逆にＳＢＳ理論に懐疑的な消極派に分かれていて、互いの主張はどこまで行っても平行線、いつ決着がつくとも知れない。ＳＢＳ理論は正しいとも間違っているともいえないのが実状だ」

「しかし高橋先生は診断基準にも採用されていると」

「それは正確とはいえないね。確かにアメリカの小児科医学会がＳＢＳ理論に似た内容を診断基準マニュアルに掲載していたらしいが、現在では改訂されて削除されたと聞いている。ただ積極派は虐待防止を訴えてＳＢＳ理論の普及を図っているのに対し、消極派は虐待を擁護しているかのように見られることを恐れてあまり表に出てこないから、世間的には積極派の主張が広まっている」

「三徴候、特に血腫の原因についても対立があるんですか」

「積極派は、三徴候は暴力的揺さぶりによってのみ生じると言う。これに対して消極派は、暴力的揺さぶり以外の原因でも生じると主張している」

「ほう。消極派は、揺さぶり以外の原因について何と言っているのです」

「例えば落下、それも頭皮に外傷が生じない程度の低い位置からの低位落下でも生じうると主張している。これに対して積極派は、低位落下で硬膜下血腫は生じないと主張し、やはり主張は平行線だ」

低位落下とやらが硬膜下血腫の原因となるかについて、医学界でも議論があるらしいことは細井にも理解できた。しかし黙秘前の供述で、雄次は陽真を落としたとか、あるいは電動スィングから落ちたとかは言っていない。そうすると低位落下云々《うんぬん》の話は捜査に関係なさそうだと細井は思った。栗秋も同じ思いらしく、「低位落下以外の原因は考えられないのでしょうか」と尋ねた。

「さて。残念だが私の知識はここまでだ。これ以上のことが知りたいのなら専門家に聞いたほうがいいだろう」

「専門家？　そんな人がいるのですか」

「いる。法医学者ではなく刑事訴訟法を研究している法学者だけどね。比較法の観点からＳＢＳ理論を研究しているらしく、法医学会の関東部会で講師として招いたと聞いている。名前はすぐには分からないが、必要なら調べておく」

「ぜひお願いします。ところで先生自身は積極派、それとも消極派ですか」

井之本はすぐには答えず、栗秋の顔をじっと見つめた。

「あなたは証拠が集まる前に犯人を断定するタイプかな」

栗秋が首を横に振る。

「私も同じだ。残念ながら、どちらかにつくだけの知識が今の私にはない」

ただ、と井之本は付け加えた。

「感覚的な話を言わせてもらえれば、仮に三徴候が暴力的揺さぶりによって生じたとしても、その暴力的揺さぶりを最後に一緒にいた大人が加えただなんて一律に判断できるものではないだろう。硬膜下血腫は、出血箇所や出血量によっていつ症状が現われるか変化する。それに暴力的揺さぶりが加えられたならば、まず頸椎にダメージが来るのが自然だと思う。しかしＳＢＳ理論はその点には触れていない」

井之本が陽真の診療録を手に取った。

「私が言えるのはこの程度だ。だが県警に丸抱えしてもらっている教室の法医学者としては辛いところだな」

栗秋が訝しげな顔をし、それを見た井之本が言葉を付け足す。

「虐待に接する機会の多い小児科医、それに児童相談所の職員に積極派は多い。その児童相談所と警察は連携を図っている。警察は積極派ではないかもしれんが、消極派にも回れないはずだ」

細井は山口の顔を思い出した。栗秋も納得した様子で頷く。今度こそ陽真の診療録を栗秋に返しながら、井之本が言った。

「聞いたからには慎重に捜査することだ。議論があることをあなたは知ってしまった」

16

大学の駐車場に着いて車に乗り込もうとしたとき、栗秋と細井の電話が同時に震えた。細井が液晶画面に目をやると、川畑が発信者として表示されている。栗秋が電話を受けたので、細井も受信ボタンを押した。互いに少し距離を取って話し始める。
《きさん、俺の顔ば潰す気か。俺の事件や、余計なことすんな！》
挨拶もなく怒鳴られ、細井は顔を顰《しか》めた。顔を潰すという物言いからして、児童相談所の山口が川畑に連絡を取ったのだろう。

「落ち着いてください、川畑さん。裏付け捜査をやってるだけですから」
《それが余計なこったい、高橋先生の意見だけでよかろうが。課長から聞いたんやけど、この事件は本部から注目ば浴びとう。事件ば潰すようなことしとらんで、さっさと検察に起訴させせんか。築紫署におられんごとするぞ》
「お言葉ですが先輩、捜査を命じたのは課長ですよ。僕たちが勝手に捜査を終えるわけにはいきません」
《あん人は何も分かっとらんと、だけん出涸し署の課長で止まっとるたい。相手にしとってもしょんなかろう。俺はもっと上を知っとうけんな、どげんでもできるとぞ》
何がどうできるのかは不明だが、自分たちの捜査を川畑が嫌っていることは十分に分かった。また、川畑の言う「上」が署長を指すことも容易に想像がつく。川畑が高校の先輩だと自慢しているのを聞いたことがある。
「でも刑事課と一緒にやってますから、勝手に捜査を止めるわけにもいきませんし」
《こいは俺が挙げた事件ぞ、俺の事件や、俺が終われと言ったら終われ！》
「だから刑事課が何と言うか」
《刑事課ゆうても担当は出戻りやろう。よそ者《もん》に好き勝手されてどうすっとか、お前もシャキッとして出戻りぐらい仕切ってみせんか。そんなんやからいつまで経ってもヒラ巡査やぞ》言うだけ言って川畑は電話を切った。

——巡査長なんですけど。

心の中で反駁する。俺の事件、か。刑事魂というやつかもしれないが、正直、その感覚にはついていけない。うんざりした思いで細井がスマートフォンを仕舞うと、電話を終えていた栗秋が近付いてきた。

「うちの川畑部長でした。私たちが山口さんのところに行ったのが気に食わなかったようです」

栗秋は微笑みながら「自分の捜査の粗《あら》を探していると思われたのでしょう。それとも自分のテリトリーを侵されたと感じたのかもしれません。いずれもベテランの刑事にはよくあることです」と分析してみせた。

「余計なことするなと言ってましたけど、どうします」

「どうもしません。やるべき捜査をやるだけです」

「ですよね」

ねっとりとした粘着気質の川畑が特捜から戻ってきたときのことを思うと憂鬱になるが、それでもやるべきことはやらねばならない。事件はもとより個人のものではなく、捜査を尽くさぬことはそれこそ刑事魂に悖《もと》る。自分に言い聞かせながら細井が車に近付いたところでふたたび電話が震動した。今度は署の代表番号が表示されている。

——なんだよ、もう。

《さっき川畑がすごか剣幕で電話してきたんでな、そっちにも電話するかもしれんけん教えといてやろうと思って》

電話は奥村からで、気遣いはありがたかったが時すでに遅しだ。

「もうありましたよ。余計なことをするなと怒鳴られました」

《あいつも昔気質《むかしかたぎ》やけんなぁ。捜査はどうなんだ》

「帰ってから詳しく報告しますが、変な雲行きで」

細井は井之本の話を掻い摘まんで説明した。

《それはまずかろうもん。サッチョウが積極的に利用しろと言うてきとうのに、実は信用なりませんでしたと言うわけにはいかんばい》奥村は困惑した声を出した。

「ですよね」細井は顎を掻いた。

「でも消極派も低い位置から落ちても血腫ができるというだけですから、今回は問題ないと思いますよ。陽真くんが落ちたとか落としたとか堀尾は言ってないわけですし」

ふむと一言唸ってから、まあともかく戻ってこいと告げて電話は切れた。

「今度はうちの課長です。川畑部長のことを警告してくれようとしたみたいです」

細井は肩を竦めて栗秋に報告する。

「そういやさっきの電話、誰からだったんです」細井は栗秋に聞いた。

車には午後の陽射しの熱が籠もっており、しばらくドアを開けたままにして空気を逃がしてやる。大学のキャンパスの木々は夏に移り変わる力強い緑に覆われていた。時刻は早くも三時を回ろうとしている。

「昔の知り合いです。私用なので後でかけ直してもらうことにしました」

そう答えて助手席に乗り込む栗秋を、エンジンキーを回しながら細井は盗み見た。個人的な思いが捜査に影響しているんじゃないかとの井之本の言葉が引っ掛かっている。言われてみれば、署での栗秋の評は真面目というのはあるが熱心というものはなく、和香子も物静かで大人しいとしか評価していなかった。そんな評判からすると、この事件では栗秋は珍しく精力的に動き回っているように思える。真っ青な顔で栗秋が遺体に付き添っていたという母娘の無理心中事件。無理心中は紛れもない児童虐待の一形態だ。今回の栗秋の捜査と無関係ではないだろうと細井の勘が告げていた。

「それでは取調べを始めます」

午後四時半過ぎに検察庁から戻ってきた雄次を、細井たちは五時半の夕食までの間に取り調べることにした。

「供述拒否権と録音録画については分かっていると思いますが、再度確認します。あなたには言いたくないことは言わなくてよいという供述拒否権というものがあります。またこの取調べはあなたが入室したときから録音録画されています」

「黙秘します」

「そうですか。検察官のところでも黙秘したそうですね」

沈黙。

「あなたは陽真くんに暴力を振るったのですか。ひょっとして、本当は暴力なんか振るっていないのではありませんか」

雄次が驚いたように顔を上げた。細井も補助者席から栗秋を見つめる。黙秘をやめさせるための戦略なのか、それとも本当に雄次が無実だと信じているのか。斜め後から見る、いつもの笑みを浮かべた栗秋の横顔からはいかんとも判断し難かった。

「もしそうなら、陽真くんに血腫ができた心当たりを教えてくれませんか」

雄次が栗秋を凝視する。

「陽真くんに血腫があったことは疑いようのない事実です。増田理事長も手術に立ち会って確認している。そうですね」

雄次が微かに頷いたように見えた。黙秘をやめるのか。細井は息を詰めて見守った。

「血腫が出来たということは頭のどこかが出血したということです。つまり何らかの力が加わった。これは増田理事長を含め全てのお医者さんで共通した意見です。陽真くんの頭にどこでどういう力が加わったのか、思い付くことを教えてくれませんか」

雄次が今度は微かに横に首を動かしたように見えた。教えないという意味なのか、心当たりがないという意味なのか、それとも単なる自分の見間違いか。雄次は沈黙し続けている。

「夕食なのでこれで終わりますが、よく考えておいて下さい」

17

バス停から自宅に向かう途中、スマートフォンが鳴った。着信画面で発信者を確認してから電話に出る。
《元気そうだな、栗秋》
「先ほどは失礼しました、同僚が近くにいたもので。大石管理官、いえ今は警務部長とお呼びすべきでしょうか」

《管理官のほうが好みだが、公の場では警務部長のほうが無難だろうな》
「どういったご用件で」
《今、虐待事件を扱ってるそうだな》
「よくご存じですね。特捜でもないのに」栗秋は警戒しながら聞いた。警務の人間が捜査に興味を持つときは、大抵が警察官の不祥事絡みだ。
《安心しろ、監察関係で知ったわけじゃない。今日、警察庁生安局からSBS理論の積極利用に関する通知が県警に届いて、それに伴い同種事案は要報告案件となった。所轄から報告が上がったものを本部でとりまとめて本庁に報告する。通知について何も聞いてないのか》
「訳の分からん通知が出たことは同僚から聞いています。しかし生安の所管でしょう。それがなぜ警務部に伝わってるんです」なおも警戒しながら栗秋は聞いた。
大石は信頼できる上司だったが、かといって全部が全部を部下に話す上司ではなかった。必要な情報を必要なときに必要なだけ渡す、そういった上司だ。
《俺が所轄に報告を求めた張本人だからさ》
「何だかきな臭い話ですね。なぜ刑事や生安の事件を警務部長が扱うんです。昔よく管理官が言っていた、キャリアの駆け引きってやつですか。だったら私には関係のない話ですよ」

《まあそう言うな、お前のヤマに関係する話だ。マル被は否認してるんだろ、ホンボシか》

「分かりません」

《お前の印象を言え》

「……場合によってはマル被ではなく事件のほうがこけるかもしれません」

《面白い。実に面白い》本当に面白がっているようで、大石の笑い声が耳に響いた。

「いいんですか。誤認逮捕かもしれないんですよ」

誤認逮捕が発覚したときの謝罪会見は警務部長が行なうものと相場が決まっている。テレビカメラの前に引きずり出されるのは大石なのだ。

《人違いというなら困るが、捜査を尽くしての嫌疑不十分なら構わんし、この件はむしろそうなってもらったほうが私としてはありがたいんだ。それに、内容に問題のある通知は早めに撤回してもらわないと現場が困ることになる》

「本庁ではSBS理論の科学的確証について調査しなかったんですか」

《もちろん調査しただろうさ、通知を出したがっている人間がな。いつもと一緒だ、作りたい法律や通知があればそれに合わせて資料も作る。結論は最初から決まってる

んだ》
「聞きたくない話です。雲の上の政治に興味はありませんが、それで困るのは私たち現場です」栗秋の言葉にふたたび大石は笑った。笑い声が癇に触り皮肉を効かせて栗秋が言う。
「管理官も政治をするようになったんですね。昔は現場以外興味なさそうでしたが」
栗秋の覚えている大石は、異常の二文字が付くくらい職務に熱心な管理官で、傲慢で人を人とも思わない指揮をするが状況把握は正確で命令も的確だった。担当事件の犯人は必ず挙げる常勝の管理官として、キャリアであるにもかかわらず叩き上げの捜査一課員から信頼を得ていた。
《大人しくなったと聞いていたが反抗心と気の強さは変わらんな》
笑みを含んだ声で大石が言う。その声を聞いている自分の顔はきっと仏頂面に違いない、と栗秋は思った。
《親父さんのほうはどうなんだ》
「まだ何も」
《焦らないことだな》
「はい」電話が切れ、栗秋はため息をついた。

自宅に帰ると、ちょうどヘルパーの大塚さんが帰るところだった。

「今日はご機嫌でしたよ。昨夜、何かいいことがあったとかで。今夜は正史さんと食事をすると言って待ってますよ」

「いつもありがとうございます」栗秋は大塚さんを見送るとダイニングに入った。

食卓には赤魚の切り身の煮付けと鶏むね肉の照り焼き、ほうれん草のおひたし、それにいんげんの胡麻和えが並んでおり、史子がご飯と味噌汁をよそっていた。

「おかえり。ちょうどできたところだから、着替える前に食べてしまったら」

「魚に鶏か。ちょっと量が多くない」

「魚は少しよ。鶏もむね肉だし、一日働いてきたんだからこれぐらい食べないと。お父さんだったらまだ足りないと文句を言うわ」

笑いながら言う史子を栗秋はそっと窺った。笑顔で貴正の話をするのはこれまでなかったことで、機嫌がいいというのは本当のようだった。以前は貴正の話題を栗秋が持ち出そうとすると泣き出すか無視するかで、そうした後には仏壇の前に何時間も座り込むこともあった。前に史子と貴正の話をしたのがいつだったのか、もはや栗秋は覚えていない。

「それでね清水さんがね、清水さんというのは団地の角の家の人なんだけど、清水さんが秋田に大曲《おおまがり》花火大会を見に行くというのよ」

「へえ日本一の花火大会じゃない」

「そう、打上げ数は一万八千発なんですって。昨年は七十万人を超える人出だったそうよ」

「一万八千発か。御堀《おほり》の花火大会が六千発だから、ほぼ三倍だ」

「すごいわねぇ」

　他愛のない話をしながら夕食を終え、史子が食後の片付けをしている間に栗秋が熱いお茶を入れる。沸いたお湯をいったん湯呑みに入れ、それを急須に注いでひと回ししてからお茶をつぐ。夕刊を見ながらお茶を飲んでいると、史子が片付けを終えてテーブルに戻ってきて湯呑みに口を付けた。

「あー美味しい」史子が息をつく。

「花火大会といえば、あれは何だったのかしらね。三年前の御堀花火大会の日、テレビで花火の中継を見ようとしていたら本部の人が二人、お父さんを訪ねて来て。家に上げようと思ったんだけど、お父さんは外でいいって出て行った。お客さん好きのお父さんにしては珍しいなと思ったんだけど、やっぱり人事のことはお酒を飲みながらという訳にはいかないんでしょうね」

貴正は三年前の八月十八日に自ら命を絶ったとされている。F市の御堀花火大会は毎年八月一日だ。死のおよそ二週間前に訪ねてきた、本部の人間二人。栗秋の背中に慄えが走る。

「その本部の人、所属は何て言ってた」何食わぬ様子で栗秋は聞いた。

「お父さんは人事課の人だって言ってたけど」

思わず呻きそうになった。F県警に人事課はなく、人事関係は警務部警務課が所管している。

「帰ってきたお父さん、怖い顔をしてたね、ちょっと声をかけられなかったわ。お父さん警部補で係長だったでしょう、だから部下の人が左遷させられるのかなと思って」

史子の口調がぼんやりと間延びしたものに変わってきた。黙考に沈みつつあった栗秋が慌てて史子の顔を見ると、眉が顰められ目が引きつったようになりつつあった。まずい傾向だ。

「今年の御堀花火大会もテレビで中継するのかな」栗秋は話題を変えた。

「昨年も一昨年《おととし》もNHKがやってるから、今年もやるんじゃない」

「たまには実際に見に行くのもいいかも」

「暑い中、人混みを歩くわけでしょう。それよりもやっぱり涼しい部屋でテレビで見るほうがいいわ」

お代わりのお茶を入れて史子の機嫌を取りながら、近いうちに大石に問い質すべき事項を栗秋は頭に刻み込んだ。

18

武田《たけだ》署長への説明を終えた栗秋が、執務机の前から一歩下がって細井の隣に戻る。細井は緊張したまま署長の表情を見守った。一緒に控えている奥村も固唾を飲んでいるのが分かる。三人の視線が集中しても、武田は三人が入ってきたときと同じ無表情を保っていた。

朝、細井は栗秋とともに、署長への事件説明のため署長室に呼び出された。川畑がさっそく署長に泣きついたのだろうと細井は警戒し、さてどうやって捜査継続を説得したものかと考えたものの、いざ署長室に入ると緊張でそれどころではなかった。所轄の捜査員にとって署長の権限は絶大で、それは築紫署のような中小規模署でも変わらない。

「このまま送れ」武田がきっぱりと言った。

「しかし署長」反論しようとする奥村の声に武田の声が被《かぶ》さる。

「証拠は揃っとる。医師の意見書だけでも公判は維持できるやないか。二人の捜査員を割《さ》いて時間をかけるような事件やないぞ」武田は柔道で鳴らした体を椅子に預けて言った。

「しかし署長、栗秋部長の報告にもあったようにSBS理論には問題があるようです。そこは詰めておかねばならないんじゃないでしょうか」発言を遮られた奥村が、それでも反論を試みた。

武田はそんな奥村を睨みつけ「お前は通知を無視するんか!」と一喝した。

「いいか奥村、通知が出たということはそのなんちゃら理論をサッチョウが採用したということで、つまりはきちんと裏が取れとるということだ。お前たちは余計なことを考えんで一つひとつ事件を片付けていけばよか!」

そこで武田は口調を一転させ、柔らかな調子で続けた。

「なあ奥村、今朝の会議でもお前は人手が足らんて言いよったやろ。お前のとこだけじゃなか、刑事も地域も人が足らんて言いよる。それは仕方なかやろ、ウチの本部も霞処署の特捜もいつ終わるか分からん状況で、ただでさえ出涸しと言われとるウチがさらにカラカラに絞られとる状況や。出涸しじゃなく干涸らびとる。それでも日々起こる事件は処理せないかん。人が足らんから治安を守れんと住民には言えんとぞ。そんなときに二人も捜査員を遊ばせられるんか、ん？」

これには奥村も黙らざるをえず、臙脂色《えんじいろ》の絨毯が敷かれたやたらと広い署長室に沈黙が降りる。

よく見れば武田の眉間の皺は深い。その皺の深さから、川畑に泣きつかれて事件を取り上げようというのではなく、本当に出涸し署は人手不足なのだと細井は思い知らされた。

確かに細井はこの二日間堀尾の事件にかかりきりで、担当している他の事件は二、三本の電話を関係者にかけたぐらいで事件処理は後回しになっている。身柄事件は逮捕から起訴までの時間が法律で決まっており在宅事件に優先して処理する必要があるとはいえ、すでに公判維持が可能に見える事件に専従している自分たちは、事件処理に追われている他の者から見れば遊んでいるように見えるだろう。そう思い至ると何となく気まずい思いを細井は味わった。

「今日明日中に書類をまとめ、明後日には決裁に持ってこい。それで捜査結了だ」

武田の言葉に三人は一礼するしかなかった。

「すまんな栗秋、応援に入ってもらっておきながらこんな始末で」

署長室を出てから奥村が詫びる。副署長席に決裁を貰いに来ていた署員が、署長室から出てきた三人を好奇の目で見たが、奥村がひと睨みすると視線を逸らしファイルを小脇に抱えて立ち去った。

「いえ、署長の仰ることももっともです。私たちものんびりしすぎました。明後日までに捜査を終えましょう」

「しかしそれでいいんですか」慌てて細井が言った。

署長に対しては課長の奥村を防波堤にして一日か二日ぐらい期限を延ばすことができるかもしれないが、その奥村のいる前で期限を区切ってしまえばもう延ばすことはできない。細井としては奥村に捜査期限を曖昧にしておきたかった。

「どんな捜査でも時間に限りがあります。決められた時間内で一定の結論を出すのも刑事の仕事ですよ」

腰縄の付いた被疑者を前後に挟んで歩く刑事や決裁書類を手にした署員が往き来して一日の始まりの活気こそあれ、朝でも薄暗い階段を登って三人は生活安全課の部屋に向かう。

「井之本先生に電話してみましょう。硬膜下血腫が堀尾の暴力以外でできた可能性がないならば堀尾を起訴できます。逆に、他の原因で血腫ができた可能性を排除できないならば堀尾の起訴は難しい」

そう言った栗秋を奥村は生活安全課室の手前にある小部屋へと招き入れ、細井も後について入る。室内には、長辺を接して並べられた折り畳み長机が二つ、パイプ椅子が四脚、長机に載った電話機が一台。窓もない、ちょっとした打ち合わせや参考人の取調べに使われる殺風景な小部屋だ。

奥村が電話機を指差すと、栗秋は受話器を持ち上げて井之本の名刺を見ながら電話をかける。すぐに井之本に繋がったようで、栗秋は昨日の礼を言い、SBS理論を研究しているという法学者の名前を質した。テーブルに置いた捜査メモ帳に「寺岡《てらおか》すすむ」と書き付け、その下に「06」から始まる電話番号を書き加える。栗秋の会話は続き、さらに「スウェーデン」「基礎疾患」の二語を書き加えてから礼を言って受話器を置いた。

「寺岡すすむというのが専門家の名前でした。大阪にある私立大学の法学部教授ということです」

井之本は、寺岡を招いて行なわれた法医学者の勉強会に出席した知人に、寺岡の講演内容を確認してくれていた。

「勉強会では低位落下によって硬膜下血腫ができた事例だけではなく、乳幼児の基礎疾患が原因で硬膜下血腫を発症したスウェーデンの事例が紹介されたそうです」

「寺岡教授に電話をかけてみろ。必要ならアポを取っても構わんから」

メモ帳に記した番号に栗秋が電話をかける。大学の代表電話番号だったようで、「F県警の栗秋と申します。ご教授いただきたいことがあり、法学部の寺岡教授とお話ししたいのですが」と告げて寺岡の研究室に繋いでもらう。幸いなことに本人が在室していたようで、栗秋はふたたびF県警の警察官であることを告げた。

「玖目大学法医学教室の井之本教授から先生のことをお伺いしました。SBS理論にお詳しいとのことで」

「ええ、SBS理論の議論状況について知りたいのです」

「電話でお教え頂くことはできないでしょうか」

「複雑な話ですか。電話では難しい。お伺いしたほうがいい」

言いながら栗秋は奥村に目で尋ね、奥村は頷いた。

「では明日にでもお伺いします」「午後一時ですね」と約束を取り付けてから栗秋は受話器を置いた。

「やはり出張することになってしまいました」

「しょうがない。明後日までしか時間がなかけん、明日のアポが取れただけでもよしとしよう。すまんが一人で行ってくれんか」

「ええっ、私は行っちゃ駄目なんですか」細井は抗議の声を上げたが、奥村はうるさそうに顔の前で手を振っただけだった。

「捜査費削減がうるさいったい。出張も一人で足りるときは一人、と言われとる」

「申し訳ありませんが、細井さんには明日は検察に送る一件記録の整理をお願いしたいと思います」

生活安全課にいる限り児童虐待事件は避けて通れず、せっかくの機会だからＳＢＳ理論について勉強しようと目論んでいたのだが、一人となれば自分よりも栗秋のほうが適任であることは疑いようがない。細井は不承不承同意した。

「まず今日できることをやりましょう。基礎疾患が血腫の原因となった事例があるようですので、私たちも陽真くんに基礎疾患と呼べるようなものがあったかどうかぐらいは押さえておいたほうがいいでしょう」

「陽真くんの疾患ということになると増田病院ですか」

「いつもなら捜査関係事項照会書を増田病院に送って陽真くんのカルテを全部送って

もらうところですが……」栗秋が言い淀む。

不思議に思い「何か問題でも」と細井は尋ねた。しかし栗秋は奥村を見るばかりで答えようとしない。捜査関係事項照会書を病院に送付して診療録を貰うのは通常の捜査手続で、何も難しいことではないはずだ。

「名義人が、なぁ」奥村が腕組みをして困ったように言う。

それでようやく細井は気付いた。捜査関係事項照会書は警察が対外的に差し出す文書だから、差出人つまり文書の名義人は組織の代表者、所轄署であれば署長になる。もちろん毎日各課から数多く発出される照会書の一枚一枚に署長が目を通すことができるはずもなく、実際には各課の課長が承認して副署長に報告するわけだが、誰が、いつ、どこに対して、どのような内容の照会書を差し出したかは厳格に帳簿で管理され、この帳簿は県警本部による監査の対象になるから必ず署長も確認を行なう。たったいま武田署長に捜査終了を指示されながら、その日のうちに当該事件について捜査関係事項照会書を差し出すのはいかにもまずい。

「任意提出でしょうかね」「それしかなかやろね」栗秋の言葉に、腕組みを解いて頭を掻きながら奥村が同意する。

親権者である真希に陽真の診療録を増田病院から取得してもらい、それを警察に提出してもらう形をとれば捜査関係事項照会書を使う必要はない。

「そうすると、真希さんに会って、病院でカルテを請求してもらって、カルテを受け取ってもらって、それを提出してもらう、と」

「そういうことです。送迎ぐらいはしないといけないでしょうね。運転手、よろしくお願いしますね細井さん」

細井は肩を竦めた。

「またあなた方ですか」

玄関先で邪険に応ずる着物姿の佳枝に細井は愛想を振りまいて、真希への取り次ぎを願い出る。

ちょうど陽真の看病に病院に行くところだったということで、蒲公英色《たんぽぽいろ》のスカートに襟のない半袖の乳白色のブラウスを着た、一昨日に比べてわずかではあるが血色の良くなった真希が玄関に出てきた。

栗秋が体調を尋ねると、「お陰様で」とだけの短い返事があり、その様子から自分たちに対する警戒が見て取れる。警察への対応について弁護士から何か吹き込まれたのかもしれないと細井は思った。

それでも栗秋が「捜査上必要がありますので」とだけ説明して陽真に持病や疾患があるかと聞くと「持病はありませんし、何か疾患があると言われたこともありません」と素直に答えてくれた。増田病院から陽真の診療録を取得することにも同意し、さらに「私のカルテはいいんですか」と逆に真希が尋ねた。

栗秋と細井が顔を見合わせていると「出産後一ヶ月検診までの陽真の記録は、産婦人科の私のカルテに記載されていると思いますよ」と教えてくれた。ぜひお願いしますと栗秋が応じ、続けて細井が「病院までお送りします」と申し出る。

すると隣で成り行きを見守っていた佳枝が、「それには及びません。宅の車のほうが安全です」と割って入り、外を指差した。

細井が振り返って佳枝の指差す車回しを見ると、そこには黒色のメルセデスが駐まっていて運転手まで控えている。細井の運転する公用車は小排気量の国産車で、覆面パトカーですらない。どちらが頑丈で乗り心地が良く、病み上がりの真希の身に優しいかは考えるまでもなかった。

「カルテはこの子に開示請求書を書かせて事務局に出しておきます。電話で事務局にその旨伝えておくので、あなた方は勝手に病院に行って受け取ってくださいな」

「でも書類に印鑑を押してもらう必要があるんですけど」細井は食い下がった。

「ならば堀尾の印鑑を事務局に用意させておきます。それでよろしいですね」と佳枝は安っぽい置物でも見るような目で細井を見て、「さ、お引き取りください。私どもも出掛けますので」と追い払いにかかった。

二人はメルセデスの隣の小型車に乗り込み、増田邸を後にする。

「まあ目的は果たせましたからよしとしましょう」

細井を励ましているのか自分に言い聞かせているのか分からない口調で栗秋が言い、スマートフォンを取り出して電話をかけ始めた。

「寺岡先生のご紹介ありがとうございました。ええ明日、大阪まで伺うことになりました」

話の内容と栗秋の口調からして相手は井之本らしい。

「それで後ほど先生の研究室に伺いたいのですが。もう一度被害児童のカルテを見て、基礎疾患と呼べるようなものがあるかどうか見ていただきたいのです」

「いや、昨日お持ちしたものとはまた別のカルテです。母親の分も含めた」

「もちろん小児科の分野であることは承知しています。ただ協力を仰げる小児科医がいなくて、先生に頼るしかないのです」

栗秋はこれから入手する診療録を井之本に見せようとし、井之本が渋っているらしい。短い付き合いながら栗秋の粘り強さを承知している細井は、ほんの少しだけ井之本に同情した。

「もちろん警察協力医はいますが小児科の方は少ないですし、その少ない小児科医は児童相談所と連携している。先生も状況はご存じでしょう」

「いえ、事情があって時間がないのです。今から新たに小児科の協力医を探すとなるとどうしても時間がかかります」

「いやいや、小児科以外の先生にお願いするのであれば、すでに事情をご存じの先生のほうが適任です。違いますか」

「ええ産まれてからこれまでのカルテをお持ちします。ありがとうございます」

電話を終えた栗秋は「病院から井之本先生の研究室に行きましょう。先生がカルテのチェックを快諾してくれました」とにこやかに細井に言った。細井は、またちょっとだけ井之本に同情した。

増田病院の小児科棟にある総合受付に二人が行くと、予め佳枝から連絡が回っていたようで薬剤科の隣にある会計課へ行くよう指示された。会計課のカウンター窓口に細井は歩み寄り、勝ち気な目元がどことなく和香子に似た女性事務員に用向きを伝える。富田から貰ったコンサートチケットでの今夜の和香子とのデートを思い、少しだけ気分が浮ついた。

「しばらくお待ちください、今、法人事務局の者が診療録のコピーを持って参ります」

「法人の事務局？　病院とは別なの」

浮ついた気分のまま事務員に雑談をふる。事務員が話に乗ってきた。

「法人が病院を経営していて五階に事務室があるんです。病院の経理や電子カルテの管理なんかはまとめてそっちでやってて」

「へえ」頷いた細井の横で、薬剤科で薬を受け取った母親が会計を済ませている。何気なく見ていると、会計を終えた母親は子供の手を引いて細井の後ろに立つ栗秋の横を通り、出口へと向かって歩いて行く。

「ここって病院で薬を出すんだ。今どき珍しいんじゃない」

「一度、院外処方を試したことがあるんですが、理事長が患者様のことを考えると院内処方のほうがいいと仰られて元に戻したんです。私もそう思いますよ。処方箋を受け取って院外の調剤薬局に行くのは、子供を連れたお母さんには手間ですもの」事務員が母親を見送りながら微笑んで答える。

「産婦人科のお薬もここで出すの」

「ここで出すこともありますが、産婦人科棟の職員が患者様の代わりに取りに来て、あちらで会計することも多いですね。患者様の負担というだけではなく、感染症の問題もありますから。堀尾様のお薬もドクターが取りに来られてました」

薬の説明はドクターからしっかりしてもらうとの事務員の説明に細井が頷いたところで男性事務員が歩み寄ってきた。増田病院と印字された大型封筒を細井に差し出す。細井が中を確認すると、黒色ダブルクリップに挟まれた二つの書類の束があり、それぞれの氏名欄に堀尾真希、堀尾陽真とある。細井は栗秋に向かって頷いて見せ、懐から取り出した任意提出書を職員に渡した。職員は万事心得ているふうで、持参したメモを見ながら任意提出書の提出者欄に堀尾真希の住所と名前を記入し、堀尾の印鑑を押した。

「洋二くん、その方たちかね」

甲高い声が聞こえ、細井が顔を上げると白衣を着た小肥りの男が近付いてくるところだった。職員に目を戻すと洋二と呼ばれた職員は僅かに顔を歪めて「別喜先生」と応え、「では私はこれで」と細井に告げると逃げるように立ち去る。

「警察の方ですね」

小肥りの男の甲高い声は辺りによく響いた。周りの人間が何事かと細井たちに注目する。男は構わず「真希さんの何が知りたいんです」と細井たちに問いかけた。

「別喜先生、声を落としてください」

細井と話していた会計課の事務員が堪らず男を窘める。事務員は会計カウンターの端にある扉を開き、こちらへと招き入れる仕草をした。患者の行き交う廊下ではなく、会計課室で話してくれということだろう。

別喜と呼ばれた男は忌々しげな視線を事務員に送ったが、すぐに胸を反らしてカウンターの中に入った。後について細井も栗秋とともに入る。事務員が手近な椅子を三つ引き出して三人に勧め、二人は男と膝を突き合わせるように座った。

「真希さんの何が知りたいんです」男が先ほどの質問を繰り返す。

「あなたは誰なんです」細井が問うと、男は「産婦人科の別喜です。真希さんの主治医」と高飛車に言い放った。

「警察が真希さんのカルテを欲しがってると聞いてね。私にも聞きたいこともあるじゃないかと、それでわざわざ出向いたんですよ」

恩着せがましく言う別喜に「ありがとうございます」と栗秋は微笑んで見せた。

「ですが、我々がお願いしたのは陽真くんのカルテです。陽真くんの記録が真希さんのカルテにも記録されているとのことで、真希さんのカルテもお願いした次第でした」

栗秋の説明に、別喜は、弛んだ頰の間に浮かぶやけに赤味の強い唇を真ん丸に開いた。

「それはとんだ勘違いを」そそくさと別喜が立ち去ろうとするのを栗秋が引き留める。

「真希さんの主治医ということは、陽真くんを取り上げた先生ですよね。陽真くんの出産に、いつもと違ったことや何か変わった点はありませんでしたか」

「いえ、なかったと思いますよ」別喜は汗を顔に噴き出しながら答える。

「産まれた陽真くんに何か疾患はありませんでしたか」

「ありませんとも。申し訳ないが、診察時間中なのでこれで失礼します」挨拶もそこそこに別喜はどたどたと体を揺すりながらカウンターを通り抜けて出て行った。

「なんだあれ、そそっかしいな」

細井が呟くと隣の事務員が頷いたように見え、目が合うとしまったというようにちろりと舌を出した。

連日の訪問となった二人を井之本は仏頂面で迎えた。白衣は着ておらず、水色に近い藍色のポロシャツにストーンウォッシュのスリムジーンズを合わせ、髪は後ろで束ねて眼鏡を掛けている。細井の趣味には合わないものの、落ち着いた優等生的で知性的な佇《たたず》まいの中にも美しさが宿りうることを認めないわけにはいかなかった。

「今日は一日論文を読もうと思ってたんだ。いきなり来て邪魔をするんじゃない」

「きちんとご連絡を差し上げたと思いますが」

「時間を決めないアポイントなんて意味がない、いつ来るかと思ってかえって気が散るじゃないか。おかげでぜんぜん読み進まなかった」

論文を読んでいたという言葉に偽りはないようで、机の上の乱雑さは変わらぬものの、書物を掻き分けて作ったと見える中央のスペースに英文の雑誌が広げられていた。その隅には英文が筆記されたモレスキンノートが載っている。メモを取りながら論文を読んでいたのだろう。

栗秋が微笑みながら詫びを言い、それでも真希と陽真の診療録の入った封筒を半ば強引に手渡すと、井之本はため息をつきながら言った。

「目を通すから一時間かそこら時間を潰してくるんだ。ここに居られたら気が散る」

井之本の気の変わらぬうちにと二人は急いで研究室を出る。研究室のある建物を離れキャンパスを歩くとまだ午前中ということもあってか学生の姿は少ない。学食にでも行って飯を食べようということになり、レンガとガラスブロックを幾何学的に組み合わせた奇抜な低層建物の一階にあるカフェテリアに入った。細井は日替りA定食である鯖の味噌煮定食を、栗秋は煮豚チャーハンを注文する。店の外観と供される食事が釣り合っていないと細井は思ったが、学食だからそんなものかと思い直した。

　食事を終えてコーヒーを飲みながら、細井はコンサート後に和香子を連れて行く店をスマートフォンで探す。その間、栗秋は何度かカフェテリアを出てどこかへ電話をかけていたが、いずれもすぐに戻ってきたところを見ると電話に相手が出ないようだ。やがて電話を諦めたらしく、あとは売店で買った全国紙を読んでいた。そうやって一時間を過ごし研究室へと戻る。

「診療録を見る限り基礎疾患と呼べるようなものは見当たらない」

　二人が入室するや井之本が言った。細井が机を見ると、英文雑誌に代わって『周産期治療マニュアル』『臨床小児脳神経外科』といった医学書が広げられている。

「母体に関しては体外受精の施術日から出産までが短いが、周産期日数には個人差があるから疾患として扱うことはできない」

　井之本が診療録を繰《く》って付箋が貼られた頁を開く。

「乳児に関しては出産直後の血液検査でカルシウムとビタミン、特に脂溶性ビタミンの数値が標準値以下になっていてビタミン欠乏症が疑われるが、その後の検診で内臓疾患は認められていないから、胎児の時に母体からのカルシウムとビタミンの供給が少なかったものと考えられる。従って、乳児自体には基礎疾患がないとの結論は変わらない」

「母親は妊娠中、たびたび体調を崩していたそうです」栗秋の言葉に井之本は頷いた。

「母親の栄養不足はそのまま胎児の栄養不足でもある。確かに母親の診療録には、妊娠中のみならず出産後も栄養補助剤が処方されている記録があった」

診療録を机の上に置き、質問はあるかという顔で井之本は二人を見る。

「胎児の時にビタミンなどの栄養が不足していた場合、どんな影響があるのでしょうか」栗秋が尋ねた。

「成人と変わらない。ビタミン、カルシウム不足は骨密度の低下を招き、易骨折性、つまり骨が折れやすくなる。易骨折性であるにもかかわらず経膣分娩の場合、かなりの確率で産道通過時に骨折や頭部血腫が生ずるという報告がある」

井之本は眼鏡を外し、前回と同じく首を伸ばして宙を見つめる。この人の癖なのかもしれないと細井は思った。

「法医学でも、乳児が死亡した事案の場合には、嬰児《えいじ》殺《さつ》、つまり子殺しか、それとも死産だったかの見極めが重要になる。その見分け方の一つに、骨膜下に血腫があるかどうかを見る方法がある。産道を通過する時に児頭は強い圧迫を受けるから、生きて産まれるときは血腫を生じやすい。その血腫があるかどうかで死産か否かを判断するんだ。逆に言えば、そのような判別に利用されるほど出産時に血腫は出来やすい」

「骨膜と硬膜は違うものなんですか」細井が尋ねると、井之本は宙を見つめていた視線を冷ややかなものに変えて細井に向けた。

「一課の刑事なのに基礎知識が足りないな」

「彼は生活安全課です」栗秋が助け船を出す。

「刑事としての基礎知識だから同じことだ、部署は関係ない。生活安全課も家庭内暴力や児童虐待を扱うわけだから知っていなければおかしい」細井をフォローしようとする栗秋に、井之本はさらに冷ややかな視線を送る。

「すみません」教員に叱られる学生の気分で細井は頭を下げた。警察学校のように怒声が飛ぶわけではないが、理詰めの叱責には真綿で首を絞め上げられるのに似た苦しさがある。

「頭はミカンのようなものだ」唐突に井之本が言い、「ミカン？」と思わず細井が聞き返す。

「黄色い外果皮があって、白い中果皮があって、白いすじがあって、果肉を包む袋があって、果肉があって、果心があって……。多層構造ということだ」

はあ、という間の抜けた声を細井は漏らした。

「頭の場合は頭皮、帽状腱膜《ぼうじょうけんまく》、腱膜下《けんまくか》組織《そしき》、骨膜《こつまく》、骨、硬膜《こうまく》、くも膜、軟膜《なんまく》、脳、という構造になる。骨膜と硬膜は別物だ」

「骨膜下の血腫という場合、それは骨膜と骨の間にある血腫に限られるのでしょうか、それとも骨膜より下の組織で生じた血腫をすべて含むものなのでしょうか」学生に講義するかのような井之本に、栗秋が尋ねた。

「文脈にもよるだろう。単に骨膜下血腫といえば骨膜と骨の間の血腫を指すが、例えば分娩時における骨膜下の血腫の有無と言うときには、産道の圧迫による頭部出血の有無を見るものだから、骨膜よりも下の組織で生じた血腫はすべて含むと読むほうが正しいことになる。そう、硬膜下血腫も含むとみていい」

　井之本は、皮肉を込めた冷ややかな目ではなく研究者としての冷静な目付きで栗秋を見据えた。

「だが、今回の案件で経膣分娩時に生じた血腫が残っていたんじゃないかと考えているんなら、おあいにくさまと言わざるをえない。経膣分娩の骨折や出血は、成長に伴って自然治癒するものがほとんどなんだ。二ヶ月も経ってから意識障害を引き起こすような硬膜下血腫に成長するとはちょっと考えがたい。何か治癒を妨《さまた》げるような事情があれば別だろうが、この乳児は今回の事件まではきちんと養育されていたようだし、さっき言ったように基礎疾患もない」そして諭すように言った。

「仮説を立てるなら寺岡さんの話を聞いてからにしたほうがいい。下手な考え休むに似たり、知識不足の状況であれこれ考えても無駄だ。まずは学ぶことだ。さあ、私にゆっくりと論文を読む時間を与えてくれ」

追い立てられるように二人は研究室を後にした。

19

「お兄ちゃん、お帰り」戸を開けてただいまの声をかけると、返ってきたのは妹の貴《たか》子《こ》の声だった。三和土を見ると、女性もののスニーカーとその半分の長さにも満たない幼児用クロックスが並んでいる。貴子が甥の悠《ゆう》を連れて帰ってきているらしい。

「貴子、どうした」栗秋がダイニングに入ると新聞を読んでいた貴子が顔を上げた。

「しばらくお母さんの面倒を見させてもらおうと思って」

「生郎《いくろう》さんはいいのか」

「大丈夫よ、しばらくこっちにいるって連絡したから」言って貴子は新聞に顔を戻したが、その仕草はこれ以上は聞いてくれるなという意思表示でもあった。

また喧嘩してきたのか。栗秋は呆れた。母の介護を口実にした貴子の家出はこの半年ですでに四回目で、三日から一週間ほど居座って帰っていく。その間、夫の生郎とどんな連絡を取っているのか知るところではないが、家出の間隔がだんだんと短く、そして居座る時間がだんだんと長くなっていることが栗秋には気懸かりだった。

しかし正直なところ、貴子の帰省は栗秋にとってありがたかった。母子二人で暮らす栗秋家の生活リズムが四歳になろうとする甥っ子中心のペースになるという弊害はあるが、その影響は訪問看護やデイサービスを利用する史子にこそ大きいものの日中は家にいない栗秋への影響は小さく、それより公的看護の及ばない時間帯に貴子が居てくれるということが大変に心強い。二日前のような不意の史子の外出に備えるにしても、見守る目が二つなのと四つあるのとでは負担感が大きく違う。

内心歓迎していることを知られてしまうとそれこそ貴子が実家に居付いてしまいかねないので、栗秋は仏頂面を崩さず自室に入ってスーツを脱ぎ、ポロシャツとジーンズに着替えた。そういえば井之本先生もポロシャツにジーンズだったなと思い出し、ついでにその硬質な美貌を思い出して自然と笑みがこぼれた。

着替え終わって栗秋が台所に入ると貴子がおかずを温めなおしてくれていた。

「母さんは」食卓に座り箸を取り上げながら聞くと「二階で悠の寝かしつけ」と貴子が料理の皿を並べながら答える。母の顔色を窺うことなく食事ができることに感謝しつつ豚肉となすの味噌炒めを栗秋は口に運んだ。

貴子が戻っているならもう少し署で書類を片付けてきてもよかったと栗秋は考えた。井之本の研究室を出て署に戻ってからは細井ともども各自の担当事件の処理に時間を費やした。勾留質問のために裁判所に雄次が出ていて取調べをすることができなかったためであるし、朝の署長の言葉がじわりと効いていたためでもある。

在宅事件の被疑者に電話をかけて取調べのための出頭を求め、同じ事件の被害者にも電話をかけて示談状況を確認する。別の在宅事件で、被害者の全治期間を病院に照会するため捜査関係事項照会書を起案して係長の決裁に回す。先週送致したひったくり犯の身上について暴力団と関係ないのかと検察官から問い合わせがあり、暴力団係に暴力団と親交のないことを改めて確認し検察庁に折り返す。そういった事務作業を機械的に行なっているうちに定時退庁時刻の午後五時四十五分が過ぎた。さらに書類作成に勤《いそ》しんでいると「私用があって早く帰ります」と細井が挨拶に来たので明日の打ち合わせを簡単に行ない、その後も午後七時ころまで書類作成を粘ってから仕事を切り上げた。当直の捜査員が集まる一角にお疲れさまの声をかけて署を出たところ、夏至を控えた空はまだ明るく夕映えが目に鮮やかだった。

「お兄ちゃん、お父さんのことだけど」ご飯茶碗を配膳する貴子が唐突に言った。「何か分かった」

栗秋は箸を止めた。

「……いいや。なぜ」

貴子にUターン就職した理由を話したことはなく、ただ警視庁を辞めてF県警に就職することにしたと報告しただけであり、貴子も、そう、実家に住んでくれるなら助かるわと応じただけだった。貴正の死について調べようとしていることは貴子も薄々気付いていただろうが、正面切って尋ねられたことは今まで一度としてなかった。

栗秋は箸を止めたまま貴子を見上げたが、貴子は顔を逸らして栗秋と視線を合わせようとせずに言った。

「生郎さんがね、お前ん家《ち》おかしいんじゃないか、親父は自殺するしお袋は惚けるし、悠に遺伝するんじゃないかって」

瞬間、栗秋は体中の血が逆流するのを感じて全身が熱くなり、怒りで目が眩《くら》んだ。生郎という、F市に本社を置く全国有数のコンピュータソフト会社に勤める色白で軟弱なプログラマーの顔が思い浮かび、殺してやるという衝動で脳裡が白く染まって無自覚のまま栗秋は立ち上がっていた。

「お兄ちゃん」

貴子の声で栗秋は我に返った。いつの間にか右手の箸を逆手に握っている。栗秋は深く息を吸って吐き出すと貴子を見た。貴子は変わらず栗秋の視線を避けるように俯いているが、その肩は小刻みに震えている。泣いていた。あの勝ち気な妹がと憐憫の情が湧き、沸騰した怒りが冷めていくのを感じる。

すとんと椅子に腰を落とす。生郎という男が栗秋家をどのように見ているかも、妹が頻繁に実家に帰ってくるようになった理由も分かった今では、ただただ自分の無力さを栗秋は感じていた。

「警察では、父さんの死は過労による自殺でケリがついている。今後もそれが変わることはないだろう」

「そう。なんでだろう」

なんでだろうは何を問う言葉だろう。なんで警察は父を自殺と判断したの。なんで父は自殺したの。なんで父は過労になるまで働いたの。なんで自殺する前に家族に、私に話してくれなかったの。なんでの意味を貴子に尋ねる気力もなく、貴子が煮立たせて熱くなりすぎた味噌汁を栗秋は口に入れ、無理に飲み下す。

それ以上貴子は何も言うことなく、顔を埋《うず》めるようにして新聞をふたたび読み始めたので栗秋も食事を終えることに集中し、食べ終えると貴子に断って家を出た。

道端の自動販売機で缶コーヒーを五本買い、駅前の交番に向かう。昨日が日勤なら今日は当直勤務に花田は入っているはずだ。F県警の交番は三交代制で、警視庁の四交代制に慣れた栗秋は当初ひどく戸惑ったものである。案の定、交番の中に花田の顔があった。まだ電車が走っている時間であったが、夜の八時には多くの店がシャッターを下ろす商店街があるだけの駅前に人通りは少なく、交番も警官以外の姿はなかった。

栗秋が交番に近付くと花田はおやという顔になり、栗秋が手に持った缶コーヒーを見ると笑って頷いた。近付く栗秋の姿を認めて立ち上がろうとした巡査に「いいんだ、栗秋巡査部長だ」と声をかけて自らが立ち上がった。

交番に入った栗秋は花田に昨夜の礼を言い、「眠気覚ましに使ってください」とカウンターの上、しかし外からは見えにくい位置に缶コーヒーを置いた。

「うん、ありがとう。おい、巡査部長殿から差し入れだ」花田が言うとまだ若い二人の巡査がありがとうございますと声を揃えた。

花田はすぐに何かに気付いたように「巡査部長殿を見送りがてらそこら辺を見回っ

てくる」と言い残して交番を出た。二人は無言のまましばらく並んで歩き、商店街を抜けたところで「何か話があるのだろう」と花田が栗秋に水を向けてくる。栗秋はわずかに逡巡したものの「父が死ぬ二週間前、本部の人間が父を訪ねてきたそうです」と告げた。

花田は歩みを止めたが、立ち止まって話すよりも歩き続けたほうが無難と判断したのだろう、すぐにふたたび歩き出して「詳しく話してみろ」と険しい顔で言った。

「御堀花火大会の八月一日、花火が始まる前の時間帯に男二人が父を訪ねてきたと、昨夜母が教えてくれました。父は、二人を本部人事課の人間だと母に言ったそうです。母が二人組を家に上げようとしたところ、父はそれを断って二人と外出し、しばらくして戻ってきたと言っていました。戻ってきたときに父は怖い顔をしていたとも」

栗秋が話し終えても花田は前を向いて歩き続けた。人通りは完全に絶えて辺りには一戸建ての家々が並び、漂白したように白いＬＥＤの街灯が一定間隔で道路を照らしている。花田は住宅街を抜けると左折して駅前へと通じる片側二車線の国道に抜け、道路脇の歩道を歩きながらようやく考えがまとまったというふうに何度か頷いた。

「言うまでもないが、うちの本部に人事課という部署はない。人事を担当するのは警務部警務課だ。だがもう一つ、警務部にあって警務課ではなく、人事権の一端を担い、それでいて刑事のように動く組織がある」

「監察官室ですね」

「そうだ。二人は監察官室の人間だろうな」

「私もそう思います」監察官室は、警察官の犯罪や職務規程違反といった非違行為を取り締まる部署だ。

「父は監察対象になっていたのでしょうか」

「そうは思わん。もし監察対象なら、二人組と外出した時点で無事に家に戻ってくることはない。本部に連行されて逮捕されるか、辞表を書かされるかだ。監察が対象者に接触するのは内偵を終えた最後の段階だからな」

　街道脇に立つバス停で花田は足を止めた。バス停の後ろはジャングルジムと砂場、それにベンチがあるだけの小さな公園になっている。花田が公園のほうに顎をしゃくり、栗秋に先立って公園に入るとベンチに腰を下ろす。自然とその前に栗秋が立つ格好になった。花田が顔を両手のひらでこする。

「勤続も四十年近くになるとな、こんな交番の警部補のところにもいろんな噂話が集まってくる。いや集まってくるというのとは違うな。街のゴミが道路や建物の隅っこに吹き溜まるように、組織に対する愚痴や怨嗟というものが吹き集まってくるんだ。

人畜無害と思ってのことだろうが、溜まりにさせられるほうは堪ったもんじゃない」

顔をこするのを止めた花田が顔を上げ、栗秋と目を合わせた。疲れた目だと栗秋は思った。

「噂話といえばほとんどが人事と賞罰の話で、これはいつの時代でも変わらん。監察にかけられ懲戒された人間の噂話も聞くことになる。まあほとんどが、あの話だけど実は、という酒のつまみ程度の話だがな」

花田の言葉に栗秋は頷いた。そんな栗秋に花田は問いかける。

「監察で懲戒された者がいちばん恨むのは誰だと思う」

「監察官でしょう」栗秋が即答する。

「違うな。いちばん恨まれるのは監察にタレ込んだ人間だ。その中には同業者、つまり警官もいる。実際、多くの監察事案で端緒となるのは警官からのタレ込みだ」

花田は周囲を見渡した。マンションと雑居ビルに挟まれたいわゆるポケットパークで、街道を走り抜ける車両の音がたまに響いた。声を落として花田は続ける。

「本官のようなただの警察官からすれば監察官は蛇蝎のようなもんだ。睨まれて噛まれれば命がない。文字通り警察官人生がそこで終わるんだ。その監察官にタレ込む警官は、その蛇蝎のイヌとでも言うべき存在だからなお嫌われる。仲間を売るという行為が生理的に嫌悪を催《もよお》すんだな」

栗秋は頷くしかなかった。

「監察官もそんなことは百も承知だ。だから情報提供者とは人目につく本部や所轄で会ったりせず、職場の外で会うようにしていると聞いたことがある」

「つまり父は監察官室の情報提供者だったと」

花田が首を縦に振る。「だがまさか栗秋が監察官のイヌだったとは信じたくない話だ」

「お言葉ですが、私は父が不正を見逃すような人間だとは信じたくありません」

栗秋は花田の目を見据えて語気を強めて言い、花田はしばらく栗秋を見つめてから気を取り直した声で言った。

「そうだな、あの栗秋が監察官室に協力していたのなら、それなりの事情があったはずだ。余計なことを言ったようだ、忘れてくれ」

「でも、どんな事情だったのでしょう」

「そうだな……自分の部下なら叱責して監察官室に出頭させたろう。いや部下だけじゃなく、相手が同じ生安の人間なら上司だろうが正面からぶつかったろうな。監察官室とつるむなんてことはしない。監察官に情報を提供するしか方法がなかったとなれば、相手は生安部以外の人間だったんだろうと思う。だがどうしても根拠のない推測になってしまうな」

「父の死に、監察が関係しているのでしょうか」

花田は気遣わしげに栗秋を見たが何も言わなかった。時期が近いことからすればまったく無関係であるとは考え難く、想定される最悪の事態は、監察に情報を提供した貴正に監察対象者が牙を剝いたということであり、それはすなわち貴正が同じ警察官に殺されたということだ。あるいは、監察官に情報を提供した貴正が心労を重ねて自らの命を絶ったとも考えられる。いずれにせよ、どの可能性をとったところで栗秋に救いはないと花田は思ったのかもしれない。

しかし栗秋の思いは違った。

――現職警官に逆恨みで殺されたというほうが、よほどマシだ。

たとえ警察仲間からは疎んじられようとも、貴正が不正を糺《ただ》そうとし、その結果命を落としたというのであれば、史子や貴子はどれだけ救われるだろう。

栗秋の脳裡ではまだ貴子の肩が震えていた。

情報をできるだけ集めてみようと言う花田と別れ、五分ほど歩いたところで栗秋はスマートフォンを取り出して電話をかけた。

《昼間も電話をもらっていたようだな。これから人に会う予定があるので、悪いがあまり時間がない》

「父は、誰の情報を監察官室に流していたのですか」

大石は沈黙し、しばらくは何の音も聞こえてこなかった。何のことだと惚《とぼ》けられればそれまでで、警視正に対して一介の巡査部長が追及する術《すべ》はない。だが大石が嘘を吐くことはあるまいと栗秋は信じていた。言えないことは言えないとはっきりと言う男で、口先で誤魔化すようなことはしない。それは大石という男の自信であり傲慢でもあり、そこに栗秋が付け込む隙があった。

《警務のトップとして監察の情報を簡単に漏らすわけにはいかん》

ようやく返ってきた答えは、問いの前提は肯定するものだった。監察官室に貴正が協力していたことは認める。だが、その情報は簡単には渡せない。

その答えはもう一つの示唆を栗秋に与えるものだった。簡単には渡せないということは、条件さえ満たせば渡してもいいということだ。

「建前は要りません。管理官、私は何をすればいいんですか」

この男は、監察に父が情報を提供していたことを知っていながら、これまで一言も告げなかったばかりか仄めかすことすらしなかった。栗秋は怒りよりも警戒心を強めた。俺の知っている管理官は有能で合理的な指揮官だった。では、今ここで話している警務部長の大石はいったいどんな人間なんだ。

《ところで、今やってる捜査の見通しはどうだ》わざとらしく話題を変える大石の振る舞いに、栗秋は駆け引きの匂いを嗅いだ。

「まだ何とも言えません」

《もし事件が潰れて、被疑者が釈放されたとしよう。事件の情報はすでに本庁に上げてあるから、内部通知を発出したことが正しかったのか本庁で疑問が出ることになるだろう。通知は生安局長の名義で出されている。もし生安局外の人間が生安局に通知を出すよう働き掛けていたとすれば、生安局長はその人間を恨むだろうな。今の生安局長は、警察庁長官がまだ官房長だったころに官房総括審議官だった人間で、長官の子飼いだ。生安局長に睨まれたその人間は出世レースを外れることになる》

「働き掛けた人間が邪魔なんですか」

《邪魔な人間なんていやしない。役に立たない人間がいるだけだ》

役に立つ立たないを決めるのはあなたか。

電話の向こうにいる男は、Ｆ県警の警務部長でありながら警察庁という中央官庁の官僚であり、官僚としての生き残りをかけて策謀を巡らす策士であり、そのためには他人を引き摺り下ろすことを躊躇《ためら》わない政治家だった。その男の言わんとすることは明瞭だ。事件を潰せ、そうすれば情報を渡してやる。
「管理官、子供の虐待事件なんです」知らず栗秋の声が震えた。この男は、あの母娘の事件すらも忘れたというのか。
《分かっているさ。だが栗秋よ、結果だけではなく過程も見ろ。あの時、あの状況の中で何ができた。結果を無視しろとは言わないが、過程を疎《おろそ》かにすることも誤りだ。それが分からぬお前ではあるまい》
「また連絡します」突然息苦しさを覚えて電話を切った。警視正に対してあまりな態度だったかなと反省したのは、がむしゃらに歩き続けて家が見えてきたときだった。

20

「兄が合流したいと言ってるんだけど……」和香子がスマートフォンを確認し、申し訳なさそうに言う。

会計係の富田係長から貰ったチケットは、K地方唯一のプロオーケストラが行なう定期演奏会のものだった。ドビュッシーの交響詩『海』から始まりピアノを入れたガーシュウィンの『ラプソディ・イン・ブルー』で終わるプログラムは、クラシックに造詣が深いとはとてもいえない細井にとってもそれなりに楽しめるものだった。

細井は昼間と同じスーツ姿だが、隣に座る和香子は白いリネン地のシャツにモスグリーンのワンピースを合わせ、ウエストの高い位置を黒のレザーベルトで絞って同色のレザーパンプスを履いている。フォーマルすぎずカジュアルすぎず程よいバランスで、その装いから今夜のデートをそれなりに楽しみにしていたことが細井にも伝わった。午後七時に始まった演奏会は午後九時前に終わり、二人は細井が目を付けていた会場にほど近いスペインバルに入った。

「細井さん、音楽は」「クラシックはあまり聴かんね。ジャズは聴くけど、それもたまにという程度かな。昔、この近くにブルーノートがあったけどすぐ撤退したやろ。F県はあまり音楽が盛んじゃなかよね」「そんなことないよ。有名な歌手やバンドを何人も出しとうし」「いつの話だよ、それ」などと他愛ない話をしながら店の名物というハモンセラーノをつつき、同期の近況や署の噂話を肴に食事を終えたときには十一時を回ろうとしていた。

食事代を細井が全額支払おうとして軽く言い争い、結局ワインを多く飲んだ細井が多めに払うことで決着をつけ精算を済ませる。アルコールが心地よく沁みた頭で、もう一軒誘うべきか、それとも今夜は引き上げて次回の約束を取り付けようかと細井が悩んでいたときに兄が合流したいと言っていると告げられた。

一回目のデートで親族に紹介されるのは早いんじゃないかとも思ったが、悪印象だったならば紹介されるはずもなく、ということは和香子が細井に好意を持っている証ともいえる。ここは余裕を見せようと、細井はにっこりと笑って「もちろん」と答えた。

「お兄さんは今どこにおると」

「もう職場を出てこっちに向かってるって。地下鉄の駅からパルコに上がったコンコースで待ち合わせだって。相変わらず一方的なんだから」

和香子は細井を気遣《きづか》わしげに見上げて「本当に大丈夫？」と念を押し、その真剣な様子に細井は不安になったものの一度承諾したからには今さら断るわけにもいかない。

路上で気勢を上げる学生グループを避けて歩きながら二人は待ち合わせ場所を目指した。兄を細井に会わせるという緊張感からか和香子は口数が少なく、細井の少し前を足早に歩き、斜め後ろに付いた細井は和香子の横顔を目の端に入れながら歩いた。

少し赤味を帯びた和香子の頰が可愛らしく、やはり二人きりでもう一軒行きたかったなど未練たらしく考え、一方でこれから会う和香子の兄について不安と引っ掛かりを覚えていた。確かお兄さんの職業、警察官じゃなかったっけ。同期から前に聞いた覚えがあり、具体的な地名は出なかったがF県警ではないのは確か。しかし職場がこの近くということは、ひょっとして警察を退職して地元で再就職したのだろうか。

細井が考えを巡らせている間にコンコースに着く。コンコースに面したパルコは閉店しているが、これから家路に就《つ》く者、逆に飲み屋に繰り出す者、あるいはただ屯《たむろ》して話に耽《ふけ》る者たちで溢れていた。そんな人混みの中、スーツ姿の男が和香子と細井を認めて片手を挙げる。男が着ている紺のスーツは表地に浮かぶ光沢の滑らかさから高級船来生地であることに間違いなく、ストレートチップの革靴もよく磨き上げられていた。

「兄です」和香子は細井に断って男に駆け寄り、細井は気後れしながら後を追った。

短く切り揃えられた髪には僅かに白いものが混じり、風格からしても四十は過ぎているだろうと思われ、和香子と並ぶと年の近い親子のようにも見える。男の顔に細井はどことなく既視感を覚えたものの、どこの誰とははっきりしない。

「はじめまして、細井くん。和香子の兄の敬一郎です」

にこやかに男が話しかけてきた。細井も姿勢を正して名乗り、斜め十五度の警察式敬礼にならぬよう自然さを心懸けてゆっくりとお辞儀する。

「和香子、もう遅いからお前は帰りなさい。私はちょっとだけ細井くんと飲んでから帰る」敬一郎が言うと和香子が頰を膨らませた。

「それはあんまりじゃない。いつものバーに行くんでしょ。私も行く」

「細井くんと話したいことがあるんだ。今夜は細井くんと二人きりにしてくれ」和香子の抗議に敬一郎は優しく、しかしきっぱりとした口調で答えた。

和香子が帰ることに細井は焦りを覚えた。三人で酒を飲むと思って合流したのにサシで飲むとなると話が違う。しかも相手は一見したところエリートサラリーマン風で、年も一回りは違いそうだ。話が合うとはとても思えない。そんな細井の心を読んだように、「二人きりだと細井さんが緊張するでしょう。私も行く」と和香子が言い張る。

「和香子、お前があまり遅くなると父さんが心配する。細井くんを悪者にしたいのかい。今後のことを考えれば細井くんを私に預けて帰るのが上策と分かるはずだ」

理に適った敬一郎の説得に和香子は言葉に詰まり、心細げに細井を見た。

「細井さん、大丈夫？　兄と二人で」

こうなれば細井としても見栄を張らざるをえない。

「大丈夫さ。妹さんと食事した男がどんな人間か知りたいんですよね、敬一郎さん」

和香子の手前、精一杯強がって見せた細井だったが、その強がりは敬一郎と和香子の言葉で軽く吹き飛んだ。

「そう、その通り。ついでに栗秋の様子も知りたい」

「ごめんなさい、兄はね、警務部長なの」


「ここのマスターは昔、銀座の有名なバーで働いていたんだ。そのころに知り合ってもう二十年以上になる」

「大石さんはまだ学生でしたね、懐かしい」白いワイシャツに白いブレザー、黒の蝶ネクタイを締めたマスターがカウンターにコースターを並べる。

二人は一枚板でできたカウンターの端、店の奥側に座っていた。全体の照度は暗く抑えられているがビルの最上階にある店の天井は高く、カウンターの後ろはガラス張りで開放感があった。

「大学の卒業記念に粋がって銀座のバーに行ったんだけどね、場違いな雰囲気で見事に浮いてしまった。あの雰囲気に馴染もうと、入庁してからも無理して通ったんだ。そのうちマスターが出身のF県に戻って店を開くということを聞いた。オープン初日に第一号の客を目指して駆け付けたんだが、何のことはない、その前日に常連向けのプレオープンをしていて俺は呼ばれていなかったことが分かった。あれには落ち込んだね」

「前日はプレオープンではなく、同業者を招いてのお披露目だったんですよ。何度言っても信用してくれないんですから」マスターは苦笑すると「何にしましょうか」と聞き、大石が「二人ともギムレットで」と答える。

「驚かして申し訳なかったな。だが先に言っておくと警戒して同席してくれなかったろう。和香子にも口止めしておいたんだ」

「そんなことはありませんが……」

そうは言ったものの、事前に知っていれば決して合流しなかったと細井は思った。キャリアとノンキャリアの間に横たわる断絶は大きく、警視正と巡査長の階級差もまた同様だ。そもそも兄が警察庁キャリアでF県警警務部長と知っていれば、和香子とデートしようなどとも思わなかったかもしれない。

「あの、和香子さんと警務部長は、かなりお年が離れてらっしゃるんですね」

どのように口を利いてよいか分からず、細井がつっかえながら言うと「プライベートだ。年上のオジさんと思って話せばいい」と大石は苦笑した。

「一回り以上違う。親父とお袋が何を考えたか、俺が中学に入学してから作った子だ」大石が学校名を挙げる。中高一貫校の、誰もが知る学校だった。「俺が寮に入ったからというのが理由らしいが、まったく理由になっていない。呆れたもんだ」大石はひと声笑って細井を見た。

「兄の贔屓目かもしれないが、和香子はしっかりした子だ。その子が男と二人でメシを食うと聞き、父が心配して私に電話をかけてきた。あの子もいい年だ、放っておけばいいと言ったんだが、だったらお前が相手の男を見てこいと言いやがる。年を取ってからの子は可愛いと言うが、それを地で行くような親バカだよ。引っ張り出される身にもなってほしいもんだ」

大石が同意を求めるように細井を見遣《みや》り、細井は愛想笑いを浮かべて頷いた。

「まあともかく、父と違って俺は和香子のことはあまり心配していない。だから君も素直に交際すればいい。俺はどうせここを出て東京に戻る身だから、交際の邪魔にはならんだろう。それとも兄が警察庁だと付き合いにくいか」

首を横に振るしか細井には選択肢がない。それを見て大石は満足そうだった。

マスターがカクテルをコースターに置く。クープ型のショートグラスに、シェイクされて冷やされた白い液体が注がれ、最後にシェイカーから取り出された氷が一つ浮かべられた。大石はグラスを少しだけ持ち上げて乾杯の素振りをしてからグラスに口をつける。細井もそれを真似た。

「和香子と君の話はこれくらいでいい。問題は栗秋だ。今の捜査は順調か」

細井は辺りを見渡した。隣四つの席が空いており、マスターもこちらに気を遣ってか離れた位置で客の相手をしている。店内にはうるさくない程度のＢＧＭがかかっており、低い声の会話が漏れる心配はなかった。

「はい。あ、いえ順調ではありません」

「引っ掛かりがあるのか」グラスに口をつけながら大石が聞く。

「ええと、あの捜査関係なので」細井は言い淀む。

大石は笑いながらグラスを置いた。

「安心しろ、君たち二人がＳＢＳ絡みの事件を担当していることは西松部長から聞いている。本庁への報告案件になっていて、その報告を行なうのは俺だ。これは西松部長、本部長とも協議済みのことだ」

生安部長とか本部長とか、そんな最高幹部の話をいきなりされても細井には実感が湧かず、何だか揶揄われている気がする。それより大石が栗秋を名指ししていることが気になった。以前からの知り合いなのだろうか。

「警務部長と栗秋巡査部長のご関係を聞いてはまずいですか」

大石はグラスにもう一度口をつけた。グラス内の液体からシェイクの泡が消えて透明度が増していた。

「隠すような話でもない。俺が捜査一課管理官のときに栗秋が所轄から上がってきて、俺の担当だった第四強行犯の第八係に配属された。だから元上司と部下の関係だ」

大石に捜査一課管理官の経験があることに細井は驚いたが、その驚きが新たな疑問を呼び起こした。

「それだけですか」

「不満か」

「警視庁の捜査一課は三百人を超える大所帯と聞きました。管理官も多忙を極めるはずです。そんななかで一人の巡査部長に拘られるのは、ちょっと不思議な気がします」

細井の追及に大石は「出涸し署の捜査員にしては鋭いな」と呟いてからまたカクテルを一口飲み下した。

「ここのギムレットは、氷を一個浮かべる東京會舘スタイルと呼ばれる作り方だ。氷を浮かべるのは最後まで温《ぬる》くならないようにするための工夫といわれている」

大石は言いながらグラスを置くと、ショートグラスの真ん中に浮く氷を右手人差し指で軽く弾いた。

「組織も硬直しないよう常に工夫が必要だ。そのために俺は、F県警に永久出向制度を導入しようと考えた」

永久出向制度が導入されたのは二年前で大石の赴任時期と一致する。永久出向制度は他の自治体の警察官をF県警に採用する制度だから、すでにF県警の職員として働いている者には関係のない話で、誰が導入したかなどは細井の関心の外にあった。

「異動の内示があってからすぐに導入の根回しを始め、導入が決まるや第一号を採用した。それが栗秋だった」

大石が制度の創設者と知ってそれなりの驚きはあったが、細井は大石がまだ質問に答えてはいないことを見逃してはいなかった。

「なぜ栗秋さんだったんですか」

「やつが一課から落ちこぼれたからさ。その原因は俺にもある」

「ひょっとして母娘の無理心中事件ですか」

大石は初めて驚いたような表情を浮かべ、「栗秋に聞いたのか」と細井に質した。

「いいえ、ただ東京にいたことのある法医学の先生が、栗秋さんにそんなことを言ってました」

大石は少し考えてから「玖目大学の井之本教授だな。あの解剖を行なった大学にいた」と得心したようだった。

「栗秋さんがF県警に就職することが決まったとき、井之本先生に電話を入れた一課の人がいると言ってました。浅田という主任刑事です」

大石が頷き、残りの酒を一気に呷った。

「第八係で栗秋の直の上司だった男だ。そいつと栗秋はな、女の子を一人救えなかった。俺を加えて、三人で殺したようなもんだ。少なくとも栗秋はそう思っている」

21

今から五年前、栗秋が捜査一課に上がって二年目のことだという。第八係が捜査本部を一つ終えたとき、青梅警察署からの応援要請が捜査一課に入った。

母親が四歳の娘に暴行を加えて傷害を負わせたという事案で、通常ならば所轄だけで捜査に当たるような事件だったが、暴行の態様と結果が難問だった。体に痣がないにもかかわらず、脳震盪に加えて腎臓の機能障害が娘に生じていた。

娘を診察した医師は、母親が娘を布団で簀《す》巻《ま》きにし、その上からビール瓶のような鈍体で暴行を加え、軽度の挫滅症候群《ざめつしょうこうぐん》が生じたのではないかと見立てた。挫滅症候群は、筋組織が体の奥深くで破壊されてカリウム、ミオグロビンといった物質が血管に放出され、これらの物質により心不全や腎不全が引き起こされる症状で、外表に顕著な損傷がなくとも体の深部に衝撃が蓄積されれば起こりうるとされる。相撲部屋の集団暴行死事件で注目を集めた症状だ。

病院からの通報で母親が逮捕されたものの、母親は朝起きたら娘の体調が悪くなっていたので病院を受診したと言い張り、前日に娘が椅子から落ちたことがあったのでその時に頭を打ったのではないかと主張した。母親の弁解を崩す決め手がなく手詰まりに陥った青梅署が、勾留延長満期まで一週間を切ったところで捜査一課に応援を打診し、若手に現場経験を積ませるという捜査一課長の方針の下《もと》、大石は第八係で最若手の主任と巡査の二人、浅田と栗秋を派遣した。

しかし、連日にわたる浅田と栗秋の取調べに対しても母親は否認を貫き通した。

「物証が乏しく、想定される凶器もビール瓶というありきたりのものだったため追及が難しかった。しかも検察官が鑑定を依頼していた法医学者が、満期近くになって暴行による傷害とは断定できない、挫滅症候群とも確定的に診断できないという意見書を出してきた。俺は事件として筋が悪いと考え、二人を引き上げさせた」

母親は、勾留延長満期に処分保留で釈放される。

「ところが母親は精神に変調を来していた。おそらくは妄想型統合失調症。もともと発症していたものか連日の取調べによって発症したものかは、後から秘かに行なわれた検証調査でも明らかにならなかった。ただ、逮捕されたことで虐待親のレッテルを貼られ、それまで付き合いのあったママ友からことごとく関係を絶たれたことが判明した。うつ病からの統合失調症の発症、自傷他害がもっとも多いパターンだ。悪いことは重なるもので、母親が釈放されたことで児相も虐待の疑いなしと判断し、一時保護措置を採らず娘を病院から帰していた」

二人が戻ってから二週間後、警視庁の代表番号に浅田と栗秋を指名する電話が入り、不在を告げられると架電者は名前と電話番号を言い残した。青梅署の母親だった。

第八係はそのころ新たに設置された特捜本部に従事しており、浅田も栗秋もそれぞれ聞き込みで多摩地区を駆け回っていた。移動中の車内で母親からの電話を知らされた栗秋は、すぐに母親の携帯電話番号に折り返すとともに、車を母娘の自宅に向けさせた。

「殺されるぐらいなら死んでやる」と母親は叫んだという。そのひと言で通話は切れたが、栗秋を震撼させたのは叫び声の後ろに響いていた女の子の泣き声だった。

母親のマンションに警官を急行させるよう通信指令に栗秋は依頼し、車を運転する所轄署の係員を脅し上げるようにして自らも急いだ。マンションに到着したときには、自動車警ら隊の隊員と交番の警官が管理会社の社員に玄関の鍵を開けさせているところで、鍵が開くと栗秋は真っ先に室内に踏み込んだ。

「リビングは血の海だった。俺も後から臨場したが、あれほど血臭の漂う現場は記憶にない。いるだけで鉄の匂いが服に染み込んだ」

栗秋がまず発見したのは、腹に包丁を突き立てたまま果てた母親の姿だった。続いてリビング奥の居室で、栗秋は子供の死体を見付ける。出刃包丁で叩き切られた子供の首は、ほぼ切断されていたという。

「訓練の賜物だったろう、栗秋は表情一つ変えずに部屋の封鎖を命じ、検視の要請を行なったそうだ。動揺しまくっていた他の奴らはさすが捜査一課と感心したそうだが、何のことはない、栗秋はあまりのショックで機械的に動いたに過ぎなかったんだ」

細井は首の回りに苦しさを感じ、ネクタイを緩めてワイシャツの第一ボタンを外した。そんな細井の動作が目に入っているのか入っていないのか、大石はカウンターの天板に向かって語り続ける。

「浅田がな、栗秋がおかしい、と言ってきたのはそれから一週間が過ぎたころだった。無表情で反応が鈍く、やたらと汗をかく。そのことを浅田が指摘すると、今度は無理に笑みを浮かべておかめのようだという。俺はすぐに警視庁《ほんぶ》の医務官に診せるよう係長に言ったが、本人が頑なに拒否した。仕事をさせてくれと言ってな」

精神疾患と診断されればその時点で現場を外され、次の異動で所轄署の事務作業に下ろされる。そうなれば二度と一課に戻ることはないだろう。それを危惧してのことだったらしい。警察としても、精神疾患を患う者に拳銃を持たせることはできない。

「一課の強行犯捜査ともなると三百六十五日二十四時間ほぼ気が休まる暇がない。捜査本部に出れば家に帰ることすらできないこともあるし、待機で事件番になればいつ呼び出しがあるか分からない。俺の在任中だけで一人が休職して二人が心不全で倒れた。栗秋がいつそうなってもおかしくはなかった」

　そんな綱渡りのような状態が一年近く続いたという。その間、栗秋は着実に仕事をこなし、一課の捜査員としての成長著しいものがあったが、それでも大石の危惧が払拭されることはなかった。栗秋の父親が自殺したのは、そんな大石の懸念が深まっていたときだった。

「一報を聞いたとき、ついにやったかと思わず呻いた。まさか父親とは思わなくてな、本人が自殺したと勘違いしたんだ。しかしよくよく聞いてみるとF県警職員というじゃないか。栗秋には悪いが俺はホッとしたよ、部下から自殺者を出したわけじゃないと知ってな」

だが栗秋の忌引き休暇明けに大石が見たのは、作り物めいた笑みの中、鋭く凄絶とすらいえる眼光を放つ栗秋の顔だった。

「こいつ本当におかしくなったと思った。それから半年ほどして、母親の面倒を見るために郷里に帰ると本人が退職を申し出てきた」

細井は、仇を探すような目で栗秋が葬列客を見ていたという奥村の話を思い出した。おそらく栗秋は、忌引き明けの時点で父の死の真相を究明するためF県に帰ることを決めていたのだろう。そこでふと細井は大石の話に違和感を覚えた。

「警務部長が栗秋さんの父親が亡くなったという報告を受けたのは、栗秋さん本人からではなかったんですね。誰から聞いたんですか」

細井を一瞥しただけでその質問には答えず、大石は続けた。

「そのころ俺にはF県警警務部長への異動内示が出ていて、永久出向制度を導入しようと根回しを行なっていたところだった。俺は躊躇なく第一号を栗秋にしようと思ったよ。半ば無理矢理あいつに願書を出させ、採用した」

大石がマスターにチェックを要求した。

「なんで放っておかなかったんです。巡査部長の一人が辞めるぐらい、珍しい話ではないでしょう」

「頭がおかしくなって危うい目付きをした奴を放っておけるか。俺にも情はある」

「なんで私に話したんです」問うた細井に大石は微笑んで見せた。

「あいつにも理解者がいていい。俺はもうすぐ本庁に戻る。和香子を誘惑した罰だと思って諦めろ」

22

「昨夜、大石警務部長から話を聞きました」細井は意を決して栗秋に告げた。

大石から捜査一課時代の話を聞いたことを打ち明けるべきか悩んだ細井だったが、いざ栗秋の顔を見るととても隠しておくことはできないと思った。昨夜はよく眠れず、今朝洗面のときに鏡を見たら目が赤く充血していた。

なぜ大石が、巡査長に過ぎない自分に栗秋の話を延々としたのか。自宅に帰り布団に入ってからも細井はいろいろと考えを巡らせた。結果、辿り着いた答えは一つしかなく、辿り着いてしまえば明白な答えだった。栗秋が突飛な行動に走らぬよう自分に見張らせるためであり、それはつまり細井が大石の個人的なS《エス》、情報提供者として行動することを期待してのことだろう。加えて、昨夜の会話で大石が捜査の進捗を気にかけていたことからすれば、自分に期待されているのは堀尾の事件について栗秋の行動を監視することのように思える。

そうであるならば、明日には捜査結了でペアが解消される栗秋に対し、わざわざ大石から過去の話を聞いたと告げる必要はないと思い、今朝、家を出るときには栗秋に対して何も話さぬつもりだった。話せば、和香子とのデートについても触れざるをえないことも理由の一つだ。大石が自分にエスの真似事をさせようとしていることを、和香子は知っていたのか。そんなことはないと信じたかったものの、寝不足の細井の頭は悲観的な推測に染まり、和香子はキャリアの兄の協力者でノンキャリアの自分を手玉に取ったのだという自虐的な妄想に至り細井はいっそう惨《みじ》めな思いを味わった。

そんな煩悶《はんもん》の一夜を過ごして得た結論も、署の薄暗い廊下でいつもと変わらぬ仮面の笑みを浮かべた栗秋を見た途端に込み上げた、この笑顔の裏には自分の想像を超えた苦悩があったのだという泣きたくなるような思いの前に消え去り、ありのままを話そうと咄嗟に決意した。

細井から話を聞いた栗秋は、笑顔こそ変わらぬものの双眸を鋭くして考え込み、やがて首を軽く振りながら「あの人も酷なことをする」と苦笑した。

「いいですか細井さん。大石警務部長からどんな話を聞いたのか知りませんが、あまり真に受けないことです。実は昨夜、私も大石警務部長からこの事件のことで圧力を受けました。あの方は官僚ですから、プレッシャーをかけようとすればいろんな手管《てくだ》を使う。きっとあなたの経歴や人事評価も考慮した上で、あなたが私に話すことまで見越してあなたに接触した。私に対する念押しですよ、お前を見ているぞ、というね」

呆然とする細井を見て励ますように栗秋は言った。

「私をスパイすることになるんじゃないかと気に病んだんでしょう。ご心配なく。あの方が私の動きを気にかけていることは承知しています。今さら念押しされたところで何とも思いませんし、細井さんが警務部長に何を報告しようと問題ありません。報告されて困るようなことは何もしていませんから」

細井は軽く肩を栗秋に叩かれた。

「さあ堀尾の取調べです。余計なことに気を遣う時間はありませんよ」

なぜか細井には、その言葉は栗秋が自分自身に言い聞かせているようにも聞こえた。

「昨日は取調べができずに申し訳ありません」

目の前に座る取調官が頭を下げ、雄次は驚いた。入口の辺りに座るもう一人の刑事は、無表情なまま自分たち二人を見ている。

「一昨日、私からお願いしたことは考えていただけましたか」

初回の取調べの際に栗秋と名乗った取調官の問いに、雄次は「黙秘します」とだけ答え、机の一点を見つめた。

「そうですか、残念です。それでは私どもも捜査のやりようがありません」さも残念そうに取調官は告げる。

「昨日、真希さんに会ってきました。体調も戻っているようで血色も良くなっています。増田理事長の家でお会いしたのですが、看病のために病院に詰めると言っていました。陽真くんの容態も安定しており、母乳も飲めるようになったそうです」

自分の瞳が潤《うるみ》を帯びるのを雄次は感じた。

「知っていますか、赤ちゃんが母乳を飲む行動は原始反射行動といって、意識がなくてもできるのだそうです。だから寝ていても赤ちゃんはおっぱいを飲むことができる。すごいと思いませんか。意識がなくても、自らの生命を維持するために、唇に触れた物を口に咥え、吸い付き、飲み下すといった一連の動きを反射的に行なうのです。産まれたばかりなのに、生きる方法を知っているのですね」

産まれたばかりでまだ皮膚の赤い、産着に包《くる》まれた陽真の姿が雄次の瞼に浮かんだ。手のひらを人差し指で触ったら、思いもかけず強い力で握りしめてきた。驚いて笑ったら、原始反射ですよと別喜が冷めた言葉をかけてきたのを雄次は覚えている。

「陽真くんの頭に血腫があったのは事実です。ただ、急性なのか慢性なのかも分からず、いつから血腫があったのかも分からない。おかしいでしょう、分からないのにあなたは逮捕されているのです。その理由は、何人かの医師が、あなたが暴行を加えた以外に原因が考えられないと言っているからなのです」

陽真の手術を終えて出てきた医師たち。その中にいた、燃えるような目付きで自分を睨んでいた一人の医師を思い出す。しかし、目の前の取調官は「何人かの医師」と言った。そうすると自分が陽真に暴行を加えたと証言しているのは、あの医師だけではないことになる。雄次の頭の中で、なんで、という言葉がふたたび駆け巡り始めた。

「医師がそのように供述している以上、私たちはそれを前提に動かざるをえない。当然ですよね、子供が虐待を受けているという医師の供述を無視して警察が容疑者を野放しにすれば世間の批判を受けますし、何より罰されるべき人間が罰されることなくのうのうと生きていく。それは許されることではないでしょう」

その言葉が道理であることは分かるものの、頭も心も冷めていくのを雄次は感じた。

刑事は抽象的で虚しい一般論を述べるに過ぎず、現実に手錠を掛けられ、腰縄を付けられ、自由を奪われている自分に言うべき言葉ではないだろう。

「ですが、私は疑わしいというだけで逮捕し、起訴していいとは思っていない。灰色のヤツを全部捕まえて、白黒つけるのは裁判所に任せればいいという刑事もいますが、私は違うと思う。警察に逮捕された、あるいは話を聞かれたというだけでも普通の人は大きな不利益を被《こうむ》ります。そんなことをやっていては国民からの信頼は得られない。それに、そんなことをすれば無罪判決が増えるばかりで、なおさら警察への信頼はなくなる一方でしょう。やはりできる限りの捜査を尽くして事実を明らかにし、無実の人はできるだけ早く釈放すべきなのです。その人のためにも、その人の家族のためにも」

自分には届かないものと思っていた取調官の言葉だが、最後のひと言だけは心に響くものがあった。それは刑事の熱情を感じたからかもしれず、あるいは自分にも釈放される可能性があると感じたからかもしれない。

「今なら間に合います。黙秘する前、あなたは陽真くんに暴行を加えていないと話していました。本当ですか。ならば他に心当たりはありませんか。陽真くんの頭に血腫ができる原因や出来事について」

雄次は顔を上げた。目の前の栗秋という刑事は優しげな笑顔を浮かべている。言葉が口を衝《つ》いて出そうになった。だがその刹那、弁護士の顔が思い浮かび、「弁解潰し」の言葉が頭をよぎる。ひと言喋れば、そこに付け込まれ、足をすくわれる。雄次はふたたび下を向いた。取調官は、落胆する様子もなく「取調べを終わります」と告げた。


「最後、話しそうでしたよね」生活安全課脇の小部屋に入り、細井は悔しげに言った。

「残念ながら力不足でした。おそらく最後の取調べになるだろうと、それなりに気合いを入れて挑んだのですが。でもまあ、今から新しい弁解をされてもウラをとる時間はありませんし、結果的にはよかったのかもしれません」

栗秋が腕時計を見た。ベゼルに「Ｇ―ＳＨＯＣＫ」の文字があり、文字盤が光沢のある紫色だったことから細井にはソーラー式のカシオ製と分かった。

「そろそろ出ないと新幹線に乗り遅れます。申し訳ありませんが、取調べ状況報告書の作成と一件記録の整理をお願いします。八時前には戻れると思います」

「よく署長が出張を取り消しませんでしたね」

「Ｆ県警では警部補以下の出張は副署長決裁ですから、奥村課長も手を回す余地があったのでしょう。署長決裁ならとても認められなかった」栗秋は細井を見て悪戯っぽく笑った。

23

「三徴候と言うが、硬膜下血腫以外の眼底出血と脳浮腫は血腫形成に伴っても生じうるからあまり議論する意味がない。硬膜下血腫が生じれば脳圧が高まり脳浮腫が生じるし、脳圧が高まれば網膜出血も生じる。そうすると、実質的には頭部表皮に外傷のない硬膜下血腫だけが乳幼児揺さぶられ症候群の診断基準にされていると考えていい」

寺岡は白板に「外傷のない硬膜下血腫＝乳幼児揺さぶられ症候群」と板書した。その下に、「Guthkelch」「Caffey」という二つの単語を書き加える。

新大阪駅から御堂筋線と阪急京都本線を乗り継いで辿り着いた寺岡の研究室は、井之本教授の机と対照的に実に整理整頓されており、壁の二面は本棚で、残り一面には白板が掛けられていた。名刺交換を済ませた寺岡は栗秋を白板の前に置いた椅子に座らせ、さっそく講義口調でSBS理論について説明を始めた。

「SBS理論の発祥は、イギリスの小児神経外科医ガスケルチが一九七〇年代に発表した論文に遡る。ガスケルチは、虐待を受けた二十三人の乳幼児を調査した。そのうち十三人に硬膜下血腫が見られ、更にその中の五人には頭部の外表に傷害がなかったことから、『乳幼児に生じた硬膜下血腫では、原因として揺さぶりによる暴行の可能性を考える必要がある』と発表した。このガスケルチの仮説を発展させたのが、アメリカの小児放射線科医であるカフィだ」

寺岡は白板の「Guthkelch」から「Caffey」へと矢印を結んだ。

「カフィは、乳幼児を揺さぶることによって硬膜下血腫が生ずるという仮説を立てる。この仮説は一九八〇年代から九〇年代にかけて発展していくが、そこで恐ろしい逆転現象が生じた。カフィの『揺さぶることにより硬膜下血腫が生ずる』という仮説が、いつの間にか『硬膜下血腫が生じていれば揺さぶりが加えられた』というふうに逆転してしまったのだ。一九九八年にはアメリカのある小児科医が『揺さぶられ症候群の診断的特徴は硬膜下血腫、網膜出血、脳浮腫である』と述べるに至り、ＳＢＳ理論は完成をみた。この小児科医は『低位落下で三徴候が生じることは極めて稀で、交通事故くらいの衝撃が必要だ』とも述べており、低位落下によって血腫が生ずる可能性を否定してみせた」

寺岡は栗秋の理解を確認するように言葉を切ったので、栗秋は理解を示す笑みを浮かべて頷いた。寺岡が今度は「Plunkett」という単語を白板に書き足す。

「ところがだ。二〇〇一年、アメリカの法医学者プランケットが、十八件の子供の落下死亡事故を調査し、低位落下で硬膜下血腫が生じた事案が複数見つかったと発表した。この発表はSBS理論を支持する小児科医たちから激しい攻撃に晒され、それにプランケットを支持する法医学者が反論して、ここにSBS理論積極派と消極派の論争が勃発する。この論争の果てに、二〇〇九年、アメリカ小児科学会が、それまで診断ガイドラインに記載していた『硬膜下血腫は低位落下では生じない』という記述を削除し、事実上、低位落下によっても硬膜下血腫が生じうることを認めるに至った。ひとまず消極派の主張が通ったということになる」

寺岡は「46」という数字を板書する。

「アメリカ小児科学会が診断基準を改訂する前の年の二〇〇八年には、SBS理論に関して重要な研究結果が幾つか発表されている。一つは、アメリカ脳神経外科ジャーナルに掲載された、経膣分娩を経た健康な新生児の四十六パーセントに頭蓋内血腫が見られたという報告だ。こうなると『外傷のない硬膜下血腫＝乳幼児揺さぶられ症候群』という図式はかなり怪しくなってくる」

寺岡は握っていたホワイトボードマーカーをトレイに置き、椅子に腰かけた。

「同じ年、カナダでは、小児法医学の実態を調査した報告書が公表され、『三徴候のみで乳幼児揺さぶられ症候群の診断ができるという考えは、もはや支配的とはいえない』と記載された」

寺岡がまた立ち上がり、最初に板書した「Guthkelch」の単語を今度は赤のマーカーで何重にも丸で囲む。

「ここで再びガスケルチが登場する。SBS理論の祖といわれるガスケルチ自身が、二〇一二年、SBS理論について警告を発したのだ」

SBS理論は医学の進歩のために作られた仮説の一つに過ぎず、証明された科学的事実ではなく、乳幼児の硬膜下血腫から揺さぶりや虐待の存在を証明できるわけではない――ガスケルチは論文でそう警告したという。

「このように、SBS理論の創始者といわれている医学者ですらその科学性に疑問を呈しているにもかかわらず、SBS理論は未だに世界で、特に日本で幅を利かせている。なぜだか分かるかね」

「さあ分かりません。強いて言うなら乳幼児メーカーが利用しているとか」

栗秋の答えに、椅子に腰かけた寺岡が笑う。

「確かに一九八〇年代には揺さぶられ症候群を防止すると謳った商品が流行した。頭を揺らさないための特殊スプリング付きベッドとか、頭が分厚いパッドで覆われるベビーカーとかね。だがそれは一過性のものだった。たかいたかいとあやす程度では血腫は出来ないといった正しい知識が広まるにつれ、下火になっている」

寺岡は一転して真剣な表情になり、栗秋を見た。目が据わっている。

「司法の怠慢だよ」

寺岡はジャケットの内ポケットを探り、加熱式たばこの加熱器を取り出した。

「法律学者であって法医学者ではない私が、なぜＳＢＳ理論の研究をしているのか。それはこの理論が司法の怠慢によって世界にはびこっているからだよ」

喋りながらたばこを加熱器に嵌め込む。

「この理論を使えば楽なんだ。警察も検察も裁判所も、弁護士すらもね。ガスケルチは先ほどの警告論文で面白いことを述べている」

乳幼児への虐待に社会が衝撃を受け、報復を求めるのは分かる。しかし、三徴候しか証拠がないのに暴力があったとして刑罰を科すのはやりすぎではないか——そう論文に書いているという。

「どうだね、実に現状をよく表わしている」

寺岡は加熱式たばこを口に咥えた。うまそうにゆっくりと白い息を吐き出す。

「児童虐待を摘発せよという世論の高まりを受けて、SBS理論は日本に導入された。これを使えば楽に虐待を認定することができる。医師が三徴候を見付ける。警察が親を逮捕する。検察が起訴する。裁判官が有罪にする。弁護士は仕方ないと諦める。実にシンプルで、使い勝手がよく、みんなに楽をさせてくれる。そんな仮説なんだよ、SBS理論は」

もう一口吸い込み、鼻から薄い煙を出しながら付け足した。

「虐待親というレッテルを貼られ、刑務所に送られる本人を除いてね」

栗秋は、寺岡の講義に疑問を差し挟むことも批判することもしなかった。寺岡は一つの考え方、寺岡の視点から見た「仮説」を述べたに過ぎず、その説の妥当性を検証するのは自分の役割ではない。それは学会なり、裁判所なり、あるいは警察庁なりで検討されるべきことだろう。自分の役割は、寺岡の話が今回の捜査にどのような影響を与えるかを見極めることだ。

仮面の笑みを浮かべたまま栗秋は思考する。

今回の事件に関しては低位落下の問題は生じない。異変に気付く直前まで寝ていたと堀尾は供述しており、今から供述を変えることは難しいだろうし、仮に変えたとしても裁判官は信用すまい。そのために取調べが録画されている。

だが新生児の四十六パーセントに血腫が見られるというのは栗秋にとって意外だった。これまで社会的な問題になっていないことからすると、井之本が言ったように放っておいても自然治癒する類いのものなのだろうが、それでも驚くべき数字だ。

「井之本先生から、基礎疾患が原因で硬膜下血腫が発症したスウェーデンの事例を、法医学会の勉強会で先生が報告されたとお聞きしたのですが」

「ふむ」

寺岡は少し考え込んだ。目を閉じ、たばこを深く吸い込み、同じような深さで息を吐き出しておもむろに話し出す。

「二〇〇八年にカナダの委員会がSBS理論に疑問を投げかける報告書を出した後、二〇一六年、スウェーデンの政府機関である医療技術評価協議会が、SBS理論には科学的エビデンスが乏しいとする報告書を提出し、事実上SBS理論を全否定した。そんななか世界中でSBS理論を根拠に逮捕された親が無罪判決を受ける事例が増えている。無罪理由の多くは証拠不十分、つまりSBS理論の信用性に疑問があるとするものだ」

ようやく全部思い出したというように寺岡の口調が確固としたものとなった。

「その中にあって暴力以外の原因が考えられると言及した判決もある。その一つがスウェーデンの高等裁判所が出した判決だ。おそらく君の求めている事例はそれだろう」

加熱たばこを持った手で机の上の書類を捲る。判例の記事を探すというよりも、書類を捲ることで記憶を甦らせているといったふうだ。

「双子の下の子、確か生後一ヶ月くらいだったと思うが、その子に硬膜下血腫が見つかり、SBS理論に基づいて父親が逮捕されて起訴された。父親は一貫して暴力を否定したが、第一審裁判所はSBS理論に基づいて実刑判決を下した。ところが控訴審で、この子が特殊な双子だったことが分かった。まず、母親が肥満で妊娠前に体重を落とすための胃の切除手術、バイパス手術を受けていた。更に、双子は体外受精による多胎妊娠だった」

栗秋の背筋がぞくりと反応した。それをおくびにも出さず、微笑んだまま寺岡の言葉に耳を傾ける。当たりという予感があった。

「多胎妊娠と言ってもかなり特殊な例らしく、時期をずらして複数の受精卵を移植したそうだ。医師がなんでそんなことをしたのかは判決文からは明らかでない。妊娠した二人の子は当然のことながら胎児としての成長度合いが異なる。後から移植された受精卵の子は、先に移植された子よりもだいたい一週間ぐらい成長が遅れていたらしい。保存されていた出生直後の血液が控訴審で鑑定された結果、その子は産まれたとき極度のビタミン不足状態にあったことが分かった」

「ビタミン不足？」思わず言葉が突いて出た。陽真の診療録を見た井之本の「ビタミン欠乏症が疑われる」というコメントを思い出したのだ。そんな栗秋の反応を誤解したのか、寺岡が弁解がましく言った。

「判決文にそう書いてあるだけで、私に栄養学の知識があるわけじゃない。私が法律学者であることを忘れないでくれ」

栗秋は何も言わず頷いただけで先を促した。

「控訴審裁判所は、出産時に破綻した血管からの出血が栄養不足のために続いて血腫が生じた可能性がある、少なくともその可能性を排除できないとして、父親に無罪を言い渡した。これがスウェーデンの高裁ケースだ。参考になるかな」

「大変参考になりました」

うむ、と頷いたあと寺岡は相好を崩した。

「どうも私は捜査機関の人間に疎まれてるようでな、警察官に話をするのは初めてだ。この前、検察官の勉強会に呼ばれて講義に行ったんだが、私を目の敵にしたような質問ばっかりで、まるで反対尋問を受ける証人の気分だったよ。捜査機関の側にこそ、ＳＢＳ理論の歴史とガスケルチの警告を知ってもらいたいものなんだが」

SBS理論を積極的に活用するようにという通知を栗秋は思い出した。あれを作った人間は寺岡が述べたような知識を持っているのだろうか。警察庁が出した通知である以上、慎重に裏付け調査はしてあると信じたかったが、通知自体がかなり政治的な匂いのするものだっただけに気懸かりだった。

「現場の人間はきちんと周辺事情も捜査します。SBS理論だけに頼って犯人扱いするようなことはありません」

「そう信じたいところだがな。最近も、虐待問題に取り組んでいるという小児科医が、乳幼児の頭蓋内に血腫があれば親による暴行だと考えて捜査機関は捜査すべきだとテレビで発言しておった。肝心の医学者がこれではとても楽観できんよ」

「しかし先生も法医学者の勉強会に呼ばれたりしているのでしょう」

「ああ。先進的な法医学者や、実際に頭部手術を行なう脳神経外科医にはSBS理論に懐疑的な人間が多い。だがな、法医学者の中には警察の手先のような人間もいるし──きみは警官だったな、失敬──一部の小児科医も同様だ。小児科医は虐待に触れる機会が多いから過剰になるのも仕方ないと思うが、脳神経の臨床経験がないのに虐待防止を正義の御旗にしてSBS理論を声高に叫ぶ者もいる。そういった者こそ謙虚にガスケルチの警告に耳を傾けて欲しいもんだ」

そろそろ切り上げ時だと判断した栗秋は、寺岡に礼を言って立ち上がった。

「忘れないでくれよ、ＳＢＳ理論は仮説に過ぎん。この仮説だけに頼って親子を引き離し、親に虐待のレッテルを貼ることは、親だけではなく子の福祉のためにもならんのだ。くれぐれも慎重にな」

同じセリフを吐いた井之本の真剣な眼差しを思い出しながら、栗秋は重ねて礼を言うと研究室を後にした。

24

新大阪駅で「のぞみ」に乗り、自由席三列シートの窓側の席に腰を落ち着けた。黒表紙の捜査メモ帳を取り出し、寺岡から聞いた話の要点をおさらいする。ＳＢＳ理論については まさに学問的な話で、基礎知識としての意義はあるものの今回の捜査に直接関係するような話ではない。せいぜい慎重に捜査しろよという程度のもので、その警告ならすでに井之本から受けていた。

重要なのはスウェーデンの高裁判決で、体外受精とビタミン不足という点が陽真と共通する。これと新生児の半数近くに血腫が見られるという情報を繋ぎ合わせれば、陽真の血腫は出産時にできたものと考えることもできそうではある。

しかし一方で、スウェーデンの事例は胎児が二人なのに対して陽真は一人だ。胎児が二人、寺岡は多胎妊娠と言っていたが、多胎か単胎かは胎児の栄養摂取に関係する話だろうし、単純に考えれば単胎のほうが栄養はたくさん摂れるはずだ。

また、スウェーデンは生後一ヶ月で血腫が発見されているが、陽真は生後二ヶ月が経ってから発見されている点も異なる。生後一ヶ月か二ヶ月かという話も、どちらかというと出産時に血腫ができていたという説を否定する方向に働く事情だろう。井之本も、仮に出産時に血腫ができたとしてもその後の成長に伴って二ヶ月の間に自然治癒したはずだと言っていた。

行き詰まった栗秋は、持った鉛筆で頭を掻きながら窓の外を見た。

住宅街を過ぎて田園地帯に入ったと思ったらトンネルを潜《くぐ》り、トンネルを抜けたと思ったらまた住宅街、田畑、トンネル。繰り返される景色をぼんやりと眺めているうちに自然と瞼が重くなり、栗秋は微睡みと覚醒を繰り返した。

このままでは高橋の意見書一つで堀尾の起訴は免れないだろう。SBS理論がいかにあやふやなものか栗秋が報告しても、それで署長の方針が変わることはない。栗秋は、微睡みつつもそこではたと困惑した。俺は堀尾の起訴を望んでいないのか。堀尾が陽真に暴行を加えたかどうかは分からず、加えていない可能性もあれば加えた可能性だってあるのだ。そんな奴を放免してどうする。決着は刑事裁判の場でやってもらえばよく、これ以上俺ができることはない。情報が欲しけりゃ事件を潰せと言ったのは大石だが、情報と引き換えにお前は犯罪者を逃がすのか。

夢現《ゆめうつつ》にそう考えていると、徳山を過ぎ工場群の向こうに周防灘が見えた。やがてまたトンネルが連続する区間に入り、闇と闇を繋ぐ山間《やまあい》に、新幹線と並行して高架で走る山陽道が見え、そこを走る一台の車がちらりと見えた。形と大きさからしてワンボックスの軽自動車だ。暗く濡れたようなワインレッド。

唐突に吐き気が込み上げた。喉の奥に湧いた酸味がかった液体を必死で嚥下する。右手で口を押さえながら、窓の縁に置いていたペットボトルを左手で摑み、膝に挟んで蓋を開けるとミネラルウォーターを口に流し込んだ。太股に乗っていた捜査メモ帳が鉛筆と共に座面に落ちる。食道を水が下る爽快感を感じたのも束の間、今度は胸に焼け付くような痛みが走った。胃酸が逆流し食道の入口を焼いているのだ。ふたたびペットボトルに口を付け、立て続けに水を飲み込む。血溜まりに横たわる女。所轄が作成した実況見分調書には、母親の車であるワインレッドの軽自動車の写真が貼り付けられていた。運転席側後部座席にはチャイルドシート。幼稚園くらいの女の子に人気だという魔法戦士が描かれたブランケットがその横に置かれていた。自動車で眠りこけた娘に、母親がそのブランケットを優しく掛けたこともあるのだろう。

——虐待は有ったのか無かったのか。

浅田と栗秋は結論を出すことができなかった。今から思えば、母親の表情は乏しく、精神障害者特有の緩慢な動作、どこを見ているかともしれない茫洋とした目付きで、こちらの問いの意味を理解しているかどうか分かりかねるときもあった。しかし二人は、それは取調べのプレッシャーでのストレスによるものだと考えていた。

そのストレスがうつや統合失調症の引き金になりうるという知識は当時の栗秋になく、今でこそ取調べ中の母親の態度は統合失調症の前駆症状だったかもしれないと思うが、その時はそんなことは考えもしなかった。

また仮に当時それが分かっていたとしても、取調べの内容は変わらなかった可能性が高い。取調べの録音録画の導入がようやく決まったころの話であり、取調べの方法として恫喝、脅迫、利益誘導がまだ当たり前のように幅を利かせていた時代のことだ。手を変え品を変え浅田は母親を責め立てたが、母親は「知りません」「覚えてませんん」「分かりません」の三語で取調べを無効化していった。

「娘の筋肉が壊れてるんだぞ」「知りません」

「娘が体をぶつけたことがあったのか」「覚えてません」

「勝手に筋肉が痛んだとでも言うつもりか」「分かりません」

母親の受け答えはどこか茫漠としていて、三語での対応も狡猾さゆえではなくそれしか答えることができないといった様子だった。

結局一週間程度で二人の応援派遣は切り上げられ、後から勾留延長満期に母親が釈放されたと聞いたが、栗秋自身は「そんなものだろうな」という感慨しか抱かなかった。所詮は応援の身であったからでもあるし、また取調べを通じて母親が虐待をしていると確信できなかったからでもある。

そんな自分に、なぜ二人の死体を発見する役割が回ってくるのか。

玄関に入った瞬間、いや扉を開けた瞬間にまず五感が捉えたのは錆びた鉄のような血の匂いであり、その中に微かに混ざる、臓腑が放つ生臭い濡れた獣のような匂いだった。

三和土で靴を脱いで短い廊下を恐る恐る抜けると、脚の一つが折れたダイニングテーブルが、負傷兵が松葉杖をつくように三本脚で辛うじて立っていた。その脚下には、粘着的な赤い水たまり。その血溜りから、雑巾を引き摺ったような濡れ痕がリビングへと続き、その先にはさらに大きな血溜りがあって、その中に胎児のように体を丸めた母親の姿があった。見開かれた目に光はなく、すでに事切れているのは明らかで、そのくせ半開きの口からはいまだに怨嗟の声が聞こえてきそうだった。丸めた腹に抱えていたのは刃のあごが僅かに見えるばかりとなった包丁で、柄とあごの厚み形から出刃包丁と知れたが、その柄を逆手に握る右手には指が三本しかなく、抜こうとしたか刺そうとしたかのときに残りの指は切れ落ちたのだと思い、刺さった深さと出血量からして刃先は腹部大動脈まで達しているだろうと思った。

栗秋は変わり果てた母親の姿にしばし目を奪われていたが、最初の衝撃が去って視野が広がってくると、部屋のあちらこちらに置き時計や雑誌、花瓶、鞄といったものが散乱し、壁にも飛沫血痕が散っているのが見え、状況からして包丁を腹に刺したまま母親がのたうち回ったものと分かり、それで包丁が深く入って動脈に達したのだろうと現実感を伴わないまま改めて納得したりもした。

感情の停止したまま血痕を踏まぬようリビングを越えて奥の居室に向かう。頭のどこかで止めろ引き返せという声が聞こえてくるが、半ば意識を失いながら職業的義務感だけで居室を覗く。床に転がる人形のような体、それに頭が直角に白皮一枚で繋がっていることを認めた先の記憶はあやふやだ。玄関先に立ち尽くしていた警らに現場封鎖を命じた覚えはなく、本部に出動を要請した記憶もなく、気が付けば大学の解剖室に呆然と立ち尽くす自分がいた。

音楽が鳴って車内アナウンスが流れ、駅の接近を知らせる。いつの間にか降車駅に近づいていた。額に浮いた汗を手のひらで拭う。

——久々に出やがった。

栗秋はペットボトルからもう一口水を飲み下すと、股の間の座面に落ちていた捜査メモ帳と鉛筆を拾い、降車の準備を始める。ここ最近はフラッシュバックがなく油断していた。ふと大石の「結果だけではなく過程も見ろ」という言葉が栗秋の耳に蘇る。

確かに俺たちの捜査に落ち度はなかったかもしれない。だがそれがなんだというんだ。俺たちの捜査の結果、無垢の子が殺され、犯人は自ら命を絶ち、無能な刑事がフラッシュバックに悩まされている、ああそれだけの話だ、世間には幾らでも落ちている話だろうよ。親の虐待で死亡する子は毎年七十人余り、うち無理心中で死んだ子が三十人近く。七十人、それだけの子供がこの日本で親に殺されてるんだ、親も警察も児相も社会も何もかも狂ってやがる。その中でさらに刑事がひとり狂ったくらいなにが問題だ。栗秋は朦朧《もうろう》とした頭の中で毒づきながら新幹線を降り、階段へと向かう人の流れに身を委ねた。

あの人形のように小さく細い体から、未来を希望を人生を奪ったのは母親なのか自分なのか。所轄に派遣される一課員は一課の面子を背負ってるから手を抜くはずもなく、それでも特捜本部明けに応援に駆り出されてどこか気の抜けたところはなかったか。大石の言う過程のなかで、あの娘を救う術は本当になかったのか。

これまで幾度となく同じ問いを巡らせてきた栗秋の頭に今さら答えの浮かびようがあるはずもなく、つい先ほど寺岡から聞いた「親に虐待のレッテルを貼ることは子の福祉のためにもならん」という言葉が自らを嘲笑しているかのように思い出され、栗秋は悄然と階段を降りていった。

中央改札よりも人が少なく、車を駐めた駐車場にも近い「ひかり広場口」と名付けられた改札口へと向かう。改札口の傍らに設けられた授乳室の、磨りガラスでできた自動扉の前を通過したとき、栗秋の目の奥に白い閃光が走った。

ゆっくりと首を巡らし、磨りガラスを凝視する。後ろを歩いていたらしい男性が、急に立ち止まった栗秋にぶつかりそうになったためか舌打ちをしながら追い越していった。そんな舌打ちの音からも周囲のざわめきからも遠い意識の中で、栗秋は扉に描かれたマークを見つめていた。哺乳瓶のピクトグラム。結果だけではなく過程も見ろ。

——そうか、だとしたら犯人は。

栗秋はスマートフォンを取り出した。

25

「体調が思わしくなくて……」液晶画面でも蒼白さが分かる、血色の悪い顔で真希が別喜に言った。

「あんなことがあったからね、仕方ないでしょう。理事長の家でゆっくりと休養するといいですよ」

真希と向かい合って座る別喜が軽薄に笑い、ノートパソコンのスピーカーから甲高い笑い声がやけに大きく響く。細井はタッチパッド上で指を動かし、スピーカーの音量を下げた。

細井が操作するノートパソコンには、診察室の事務用キャビネットに設置されたウェブカメラとマイクから映像と音声が送られてきている。無論、別喜はそこにカメラとマイクがあることを知らない。今朝の開業時刻前に増田の信頼する事務員が密かに設置したものだ。体調不良を理由とした真希の診察予約は、昨夜遅くに増田から別喜に直々に連絡を入れ、朝いちばんに無理に押し込まれていた。

産婦人科棟の他の場所同様、診察室の内装は淡いピンクとアイヴォリーでまとめられ、ピンク地の天井を間接照明が照らし、壁はもちろん診察台ベッドと机、それに事務用キャビネットまで象牙色で統一されていた。さすがに血圧計や包帯、ハサミなどが載ったキャスター付きラックだけはシルバーのステンレス製だ。

「婦人科の受診は一ヶ月ぶりですね」

「はい……めまいが酷くて。事件の前は治まっていたんですが」

「ストレスによる自律神経失調でしょう。妊娠中には妊娠中のストレスがありますし、出産後には出産後のストレスがあります。加えて陽真くんがあんなことになったから無理もない。弱い精神安定剤と、栄養補給剤を出しておきましょう」別喜が机に向かい、キーボードで入力を始めた。

「栄養剤は、以前いただいたものでしょうか」

真希の言葉に別喜の手の動きが止まる。そして「うーん」とひと言唸ると真希を振り返り、「あれは妊婦さんでも使える弱いやつだったので、今度はもっと効き目のあるやつにしようと思ってますが」と真希の顔を窺った。

「飲み慣れてるものがいいんです」真希にしては強い口調だった。

「前に処方したものは無くなったんですか」

別喜の問いに真希は頷いた。しばらく別喜は真希を見ていたが、やがて「分かりました」と答えた。

「前回と同じものを出しておきます。今、処方箋を薬剤科にLANで送りましたから、ちょっと行って取ってきます。いつものように十分ほどお待ちください」

別喜は立ち上がり、診察室を出ていった。

「横にならなくて大丈夫ですか」看護師が真希に声をかける。

「あの、なんで別喜先生はご自身で薬を取りに行かれるのでしょう」

問いには答えず真希が看護師に尋ねる。看護師は少し困った顔になり、分かるでしょうとでもいうように微笑みかけたが、真希の表情を見て諦めたようだ。

「以前、私が代わりに薬を取りに行こうとしたら、余計なことをするなと叱られました。堀尾さんの薬は私が届ける、と言って」

「私が理事長の姪だからですか」真希の言葉に看護師は頷き、真希がため息をつく。

細井は、ノートパソコンから顔を上げ、隣の机に置かれた大型モニタを見つめる。

そこには診察室を出た別喜の姿があった。モニタの前に座る事務員――カルテ受取りの際、別喜から「洋二くん」と呼ばれた男性職員――が操作すると、別喜の姿を追うように院内各所の防犯カメラ映像が次々と呼び出される。

別喜は、駆け足にならない程度の早足で産婦人科棟と小児科棟を結ぶ渡り廊下を通り、小児科棟に入ると階段を下りて薬剤科へと向かった。薬剤科で職員を急かすようにして処方薬を受け取り、ふたたび渡り廊下を通って産婦人科棟へと戻る。しかし別喜は診察室に直行することなく、職員用更衣室へと消えていった。さすがに更衣室に防犯カメラは無いようで中の様子を窺い知ることはできない。だが別喜は十秒とかからず更衣室から現れ、今度こそ診察室へと向かう。細井はノートパソコンに目を戻した。

「お待たせしました」

診察室に入った別喜が白衣の裾で額の汗を拭う。一生懸命さを強調したいのかもしれないが、不潔さだけが目立ち細井は嫌悪感を覚えた。

別喜が椅子に座り、真希に白いビニール袋を差し出す。

「はいこれ、安定剤と栄養剤です。栄養剤の服用方法は前と一緒で、一日二回、十一日間飲んだら十日ほど休んでください。ビタミンの過剰摂取予防のためですから、しっかり守ってくださいね」

「……診察とお薬のお代は」

「いつも通り請求書を理事長に回しときますから、理事長と話し合ってください」

別喜から袋を受け取ると、真希は「終わりました」と張り詰めた声を上げた。

次の瞬間、診察室の扉が開いて白衣を着た男が診察室へと踏み込む。増田だった。

「真希、その袋をこっちに渡して佐野くんと部屋を出るんだ」

増田の姿を見て硬直する別喜をよそに、無表情の真希が袋を増田に手渡す。増田の剣幕に、佐野と呼ばれた看護師は慌てて診察室を出るが、真希は動かなかった。増田も真希にそれ以上退室を促すことなく、凍り付いたままの別喜を横目で睨みながら、ビニール袋から薬袋《やくたい》を取り出した。ビニール袋を床に無造作に投げ捨て、さらに薬袋から小ぶりのジャム瓶ほどの大きさの胡粉色のプラスチック容器を取り出すと薬袋も投げ捨てる。

増田は容器の蓋を開け、蓋を持った手の人差し指と親指を容器に突っ込むと一摘みの散剤を取り出し、目の高さに掲げてじっと見つめる。

「やはりロエチスチラミン……」増田は摘まんでいた散剤を別喜に向かって叩きつけ、指先から弾《はじ》かれた橙色《だいだい》の散剤が宙に散った。

「きさま、わざと胎児発育不全を引き起こしたな！」増田が吠えた。

「私たちも移動しましょう」

後ろからノートパソコンを覗き込んでいた栗秋の声に頷き、細井はスピーカーをミュートにすると電源コードを外し、液晶画面を開いたままノートパソコンを持って立ち上った。

先に行く栗秋に付き従って事務室を出る。階段を下りて先ほど別喜が通った渡り廊下で産婦人科棟に移動し、診察室に隣接する処置室へと滑り込んだ。事務室を出てから二十秒と経っていない。移動中も細井は診察室内の映像をチェックしていたが、診察室の三人は微動だにしなかった。

診察室と処置室は内壁一枚で仕切られ、窓際に人ひとりが往来できる間口が空いている。処置室で待機するよう増田に命じられた体格のいい男性看護師二人が、息を潜めたまま細井の持つノートパソコンを覗き込んできた。細井は、全員が見やすいよう、部屋の隅にあった机にそっとパソコンを置く。

「なぜなんです。なぜこんなことができたんです」

隣の部屋から真希の声が聞こえてきた。

「陽真は先生のおかげで授かったんですよ。一年間、助けてくれたじゃないですか。それなのに、なぜこんなことができたんです」

詰問調の真希の声に、増田の怒声が被さる。

「きさま、そんなにセンター長の椅子が欲しかったか」

画面の中で別喜がびくりと動く。

打ち合わせでは、増田が別喜に自首を勧めることになっていた。しかし増田は感情に走りすぎているようで、必要以上に別喜を追い込んでいる。追い込まれた人間は何をするか分からず、このままでは不測の事態が起きかねないと細井は心配になった。

栗秋も同じように思ったようで、細井を見て苦笑いを浮かべる。そして食い入るように画面を見つめる看護師二人を残し、そっと診察室へと近付いた。細井も栗秋に倣って診察室との往来口に近付く。すると別喜の荒い呼吸の音が聞こえた。極度の興奮状態にあるようだ。まずい、そう細井が思った瞬間、物が倒れる音が響き渡った。

栗秋に続いて細井が診察室へと飛び込むと、床にはキャスター付きラックが倒れて器材が散らばっており、その向こうで別喜が真希の背後に立っていた。右手にはハサミを持ち、その刃先を真希の喉元に食い込ませている。細井は腰から特殊警棒を引き抜いた。

「警察まで呼んでたのか」栗秋と細井を見て別喜が呻いた。

だが細井も別喜に劣らず焦っていた。警官二人が張り込んでいたにもかかわらず、民間人を人質に捕られるとは大失態だ。おまけに自分も栗秋も防刃ベストを着ていない。本来なら自分たちは別喜を引き取るだけの役割だったはずで、そのように計画を立てたのは栗秋にのせられた増田だった。

26

前夜、細井は、新幹線を降りたばかりという栗秋から増田の所在を確認するよう指示された。早急に面会したいとのことで、真希に同席してもらえるとなおいいという。細井が署から病院に電話をかけると、二人ともすでに帰宅した後だった。増田邸に電話をかけ、電話口にでた佳枝夫人に夜分に何用だと嫌味を言われながらも増田に代わってもらう。外出予定のないことを確かめ、同時にまだ真希が増田邸に滞在していることを確認する。

栗秋と一緒にこれから二人にお会いしたいと細井が告げると、増田はさすがに驚いた様子だったが承諾してくれた。細井はともかく、栗秋の増田に対する受けはいいようだ。

栗秋が降りた新幹線の駅から増田邸までは高速を使って約四十分。電話を終えると細井はタクシーを飛ばして増田邸に赴《おもむ》いた。増田の快諾にもかかわらず、夜分の訪問を非常識と詰《なじ》る佳枝に頭を下げて増田を玄関口に呼んでもらう。間もなく栗秋が到着する旨を伝え、応接室で待てばいいと言う増田の勧めを断って門前で栗秋が着くのを待つ。電話での口調から、栗秋が事件について何らかの結論に達したらしいと細井は感じていた。できれば増田と真希の聴取の前に聞いておきたい、そう思っての行動だ。

程なくして車回しに車を乗り付けた栗秋は、笑みこそ浮かべているものの目付きは鋭く口の端は釣り上がり、あたかもこの男が内に隠していた獰猛さが仮面の隙間からこぼれ出たようで、思わず細井は唾を飲み込んだ。

「栗秋さん、何が始まるんです」

「今夜はね、前さばきです。おそらく彼らはのってくる。細井さん、邪魔だけはしないでください」栗秋は細井を見もせずに言い、早くも玄関に歩み寄っていた。

駆け込むように邸内に上がり込んだ栗秋は、応接室で待っていた増田と真希に対する挨拶もそこそこに、真希に「妊娠中、別喜先生から服用を指示されていた薬はありませんか」と切り出した。

「栄養剤とお腹の調子を整える薬をもらっていました」

気圧《けお》されたように真希が答える。栗秋はひとつ頷くと、今度は増田に「妊婦に投与することは一般的でしょうか」と尋ねる。

「妊婦は栄養不足に陥り気味でな、特につわりが酷い妊婦はろくに食事もできんことがある。そのため栄養補給剤を処方することは珍しくないし、今は医師が積極的に栄養補助サプリメントを処方しようという動きもある。だがうちの病院ではあまり積極的ではなくてな、栄養素はやはり食事から摂るのが理想だと私は思っとる。あと、便秘になる妊婦も多いのでその薬を出すこともある」

増田の言葉に真希が俯き、お腹の調子を整える薬というのは便秘薬のことなのだろうと細井は思った。栗秋がさらに尋ねる。

「真希さん、別喜先生から処方された栄養剤は今もお持ちですか」

「いいえ、全部使い切りました」

「お薬手帳か何かに処方薬の記録はありますか」

「それもありません、サプリメントは保険適用外なのでという別喜先生の説明でした」

「うちで処方した妊婦用サプリなんだろ。それなら一種類しかない。薬剤科に確認すれば細かなデータもすぐに分かる。だが、いったいサプリがどうしたと言うんだ」

「もう少しお付き合い下さい。増田病院で処方しているサプリメントはどういう色形をしていますか」

「普通のビタミン剤と変わらん。ちょっと黄味がかった錠剤だよ」

真希が「えっ」と声を上げた。そして怪訝そうに増田の顔を見る。

「粉末じゃないの」

真希の問いに今度は増田が不思議そうな顔をした。

「粉末のサプリなんてうちの病院では処方しとらん」

「真希さんが別喜先生から処方されたサプリは、粉末だったんですね。どんな色をしていましたか」

「淡いオレンジというか、白色だけどちょっと茶色っぽいというか……水に溶かして飲むように言われてました」

「懸濁《けんだく》だと」今度こそ増田が驚きの声を上げた。「懸濁するような栄養サプリはうちでは扱っとらん」

「増田先生、どうか怒らずに聞いて下さい。別喜先生が容易に手に入れることができ、オレンジ色の粉末状で、水に溶かして飲む薬で、しかも栄養補給を妨げるような薬を思いつきますか」

増田の顔がみるみる紅潮する。無理もないと細井は思った。今の栗秋の問いは、別喜が真希に毒を飲ませていたかと問うに等しい質問だ。別喜の上司として、病院の経営者として許しがたい質問だろう。

「お父さん、どうなの」

増田が爆発する前に、まるで悲鳴をあげるように鋭く真希が問うた。真希の顔に浮かんでいるのは、不安であり不信だった。その表情を見た増田の顔から赤みが引いて、真希の視線から逃れるように項垂《うなだ》れる。やがて顔を上げて栗秋を見た。すでに激情は去ったようだった。

「別喜は高コレステロール血症だ……」増田は力なくソファに身を預けた。細井には、増田の体が沈み込み、丸められ、一回りも二回りも小さくなったように見えた。

「高コレステロール血症の治療薬にロエチスチラミンという薬がある……脂質の吸収を抑える薬だ……微橙白色《びだいだいはくしょく》の散剤で水に懸濁して服用する」

「副作用はありますか」

「脂肪の吸収を抑える代わりに、脂溶性ビタミンなど脂質とともに吸収される栄養素の吸収も抑止する。つまりビタミンA、D、E、K、そして葉酸の吸収を阻害するんだ。そしてビタミンDはカルシウムの吸収を助けるから結果的にカルシウムの吸収も阻害される。このためロエチスチラミンは栄養阻害剤と呼ばれることもある……」

細井は息を吞んだ。井之本はビタミン、カルシウム欠乏症の新生児にはかなりの確率で頭部血腫が見られると言っていた。繫がった――。

だが栗秋は慎重だった。一つひとつ事実を確認していく。

「真希さん、別喜先生からサプリメントを処方されたのはいつ頃だったのでしょう」

「最初は妊娠中期の終わりごろ、妊娠二十八週くらいだったと思います」真希は背筋を伸ばして答えた。

「あなたから処方を頼んだのですか」

真希が考え込む。息の詰まる静寂が応接間を包んだ。やがて真希が答えた。

「いいえ私から希望したことはありません。別喜先生が——あの男が勧めてきました」

増田が呻く。増田病院では妊婦のサプリ利用に積極的ではなく、食事から栄養を摂ることを推奨していると増田は言った。それにもかかわらず、別喜はサプリメントを真希に勧めている。その事実は少なからぬ衝撃を増田に与えたようだ。

「いつまで服用を続けましたか、というより出産後も飲んでいましたか」

「最後に処方されたのは一ヶ月前です。この時は、私から処方をお願いしました。出産後の栄養補給のために」

「最後の質問です。陽真くんは母乳育児ですね」

背筋を伸ばして座る真希が目を瞑り、眉間に皺を寄せ、苦しそうに口元を歪めた。

「そうです。人工ミルクは与えていません。私の母乳だけで育てています」

離乳食がいつから始まるのか細井には知識がなかったが、どんなに早くても生後二ヶ月ということはないだろう。ということは、陽真は真希の母乳からしか栄養を補給することはできない。その真希は、別喜の処方した薬によって栄養吸収を阻害され、産後もビタミン、カルシウム不足に陥っていた。だから陽真は、自然治癒できたはずの出産時の頭蓋内出血が治まらず、その結果、硬膜下血腫を発症した。原因はすべて別喜の栄養阻害剤の投与にある。高揚を感じながら細井は納得した。

「あの男が陽真を……殺してやる」

細井の高揚を、真希の低い呪詛の声が冷ます。目を見開いた真希は般若の面だ。殺してやるの一言は物騒で刑事として見逃せないが、それを咎める気持ちにはなれなかった。

「理由は……なぜあいつはこんなことを」増田が声を絞り出す。

「分かりません。分かっているのは、真希さんに処方してはいけない薬を別喜が処方していたということだけです」

「頼みがある」増田の顔は権力者のそれではなく疲れ果てた老人のそれだった。

「私に確かめさせてくれ。あんたの言っていることを信じないわけじゃない。だがあいつは私のところに長い。せめて自首させてやりたい。この通りだ」増田が頭を下げる。

「あの男にそんなことをしてやる必要はないわ、さっさと逮捕して」

「あいつに薬を処方していたのは私なんだ。保険組合の取り決めで医者は自分に薬を処方することはできん。だから私が診察し、あいつに処方していたんだ」

「それがなんだと言うの。お父さんが責任を感じることなんてない。ぜんぶあの卑劣な男がやったことよ」

「頼む、刑事さん」増田はさらに深々と頭を下げ、両膝の間に頭が埋まった。

「いいでしょう」

「栗秋さん」驚いて細井は栗秋を見た。現場が独断してよいことではない。

だが栗秋は、玄関前で見せた獰猛な笑みをふたたび浮かべ、目だけで「黙れ」と細井に告げた。邪魔だけはするなと栗秋が言った意味をようやく細井は理解した。

「ただし、こちらからもお願いがあります。別喜から自供を引き出してください。正直、今のままでは証拠が弱く、別喜を逮捕しても起訴できるか分かりません」

真希の目がますます吊り上がり、いっそう般若の面に近付く。そんな真希の反応を見て栗秋の笑みの凄絶さが増した。

「別喜が真希さんに処方した薬が残ってないのが痛い。別喜は、おそらく真希さんのカルテには正しい妊婦用サプリメントを処方した記録を残しているのでしょう。もし高コレステロール血症の治療薬を処方した記録が残っていれば、カルテをチェックした法医学者が疑問を持ったはずです。違いますか」

「そうだ、ふつう栄養阻害剤が妊婦に処方されることはない」増田が頷く。

「会計課の職員は、真希さんの薬はドクターが取りにくると言っていました。別喜は、カルテには処方薬として妊婦用サプリメントを記載し、真希さんに代わって薬剤科でサプリを受け取ると、真希さんに渡す前に自分に処方されていた薬とすり替えた。真希さんに渡す時の容器は適当なものを使っていたのでしょう。薬剤名が真希さんに分かってしまえば、増田さんに伝わって薬が妊婦用サプリメントではないことがバレてしまう可能性がありますから」

栗秋の言葉に真希の顔がついに鬼神と化した。

「その容器も薬剤も残っていない以上、別喜が真希さんに栄養阻害剤を渡していた証拠は何もないことになります」

「そんな！　実際に陽真が苦しんでる！」血走った目で真希が叫び声を上げる。

「ですから、増田理事長があの男から自白を引き出してください。クスリのブツがあればなおいい。その上であの男を自首させ、我々が逮捕する」

それは違法なおとり捜査だ。細井は焦ったが、栗秋はさらにその上手を行った。

「具体的にはどうすればいいんだ」

「別喜に自首を勧めるのは理事長です。ですから方法も理事長が考えてください。我々はあくまで別喜の自首を引き取るだけです」

警察官が民間人を使っておとり捜査を仕掛け、被疑者が犯行を行なうよう仕向ける――今回でいえば別喜が真希に栄養阻害剤を交付するように仕向ける――ことは違法捜査となる。だから、増田と真希があくまで『自主的に』別喜に罠を仕掛けて薬を交付させ、さらに別喜から自白を引き出す。その上で警察が別喜を逮捕すれば、違法捜査とはならない。理屈ではその通りとはいえ細井は釈然としなかった。栗秋の獰猛さ狡猾さを目の当たりにし、先ほどの笑みといい今の教唆といい、栗秋の本性はどんなものかと空恐ろしくなる。

「分かった。別喜に自首のチャンスをくれるというなら私に異存はない。真希も堪えてくれ。別喜に確実に償いをさせるための証拠集めと思って協力してくれ」

真希は横を向いたが、その目には別喜に対する底知れぬ憎しみが宿っており、増田に協力するであろうことを細井は疑わなかった。

翌朝の再会を約して増田邸を後にしたときには、午後十時を回っていた。車に乗り込むや細井は栗秋に異議を唱えた。

「どういうつもりなんです。課長に相談もしないで。出張の復命もしてないでしょう」

助手席に座る栗秋の顔からは獰猛さが消え、いつもの穏やかな笑みが戻っていた。

「復命についてはもともと明日でいいと言われています。それに、奥村課長は今夜のことを知らないほうがいい。違いますか」

栗秋と増田の取引を奥村が了承することはありえないだろうし、知れば知ったで放っておくわけにはいかないだろう。奥村としてはすぐに別喜の身柄の確保を命じるか、あるいは別喜に触れることなく雄次を被疑者としたまま捜査を終えるかの二者択一を迫られることになる。前者であれば証拠の薄さからいずれ釈放せざるをえないだろうし、後者であればみすみす冤罪を見逃すことになる。いずれにしろ茨の道だ。

「ついでに言えば、細井さんも知らなかったことにしたほうがいい。あなたのためだけではなく、あなたの加担が知れれば奥村課長の管理責任が問われかねない」

「そんな、僕まで外すつもりですか」

細井は抗議の声を上げたが、栗秋に見つめられて押し黙り、車内は気まずい沈黙に満たされる。逃げ出すか踏み止まるか、選択を迫られたのは自分だった。

「なんでです。なんでそこまでする必要があるんです」

細井の問いに、栗秋は顔を背けて「呪いです」と答えた。

「呪い？」

「首を刎ねられた子。切腹した女」窓の外を見ながら栗秋が呟く。

細井は大石が語った無理心中事件を思い出し、栗秋の思感が分かったように思えた。

青梅署の事件は、虐待親のレッテルを貼られて孤立した母親が娘を道連れにしたという。逮捕によって一度貼られたレッテルは、釈放されても簡単に消えるものではないのだ。レッテルを消そうとするなら、子が怪我した本当の理由を明らかにしなければならず、親以外に真犯人がいるのならばそいつを逮捕して公表しなければならない。

そのための栗秋の仕掛けだ。

だがそんな細井の読みとは裏腹に、栗秋の独白は続く。

「橋から落ちた父。見当識を失う母。夫に侮辱される妹」

細井は呆気にとられた。

「スパイを仕立てる上司。そして出来損ないの私」

栗秋は外を見ながら続けた。玄関灯は既に消され、遠くの門灯が横顔に陰影をつける。

「そんな呪いを一つひとつ解いていくには、これくらいやらなきゃ駄目なんです」

要秋がおかしくなったかと細井は思ったが、振り返った栗秋の笑みを見てすぐにその思いを打ち消した。どこまでも怜悧な笑みだった。ああこの人は狂ってなんかいない、自らの後海を、不満を、鬱憤を晴らすために事件を利用しようとしている、これがこの人の、刑事としての、狩人としての本性なんだと悟った瞬間、細井の腹も固まった。

「じゃあお付き合いします」細井は栗秋に負けじと笑った。

真実らしきものを知った今となっては署長の言いなりに捜査を終えるわけにはいかず、ここで引いたらきっと後悔するだろうし、大事なものを見失うだろうという危機感が細井を駆り立て、かつ、栗秋の行き着く先を見届けたいという思いも細井にはあった。

「私は警務部長に栗秋さんの行動を報告することになるかもしれません。だったら張り付いてないと。懲戒になったら警務部長の名前を出して逃げます」

「懲戒覚悟で付いてくる後輩ですか。呪いが一つ増えた気分です」

諦めたように栗秋が言ったので、細井はわざとらしく声を出してひとしきり笑ってやった。

27

「別喜、お前何がしたかったんだ。なんで真希に栄養阻害剤を処方した。今朝、真希の診療録を見返したら、体外受精の施術日から出産日までが短い。これが関係しているんだろ。だが私には分からんかった」

真希の後ろに隠れる別喜は増田の問いに答えず、息だけが荒い。じりじりと無言のまま診察室の入口に近付こうとしている。細井は警棒を構えたまま踏み出せずにいた。

「教えてくれ、別喜。おまえ何でこんなことをした」

増田が一転して縋るような声を出す。それに触発されたのか別喜が口を開いた。

「失敗したんだ……」「何」「ＩＶＦに失敗したんだよ」

「何を言っている、陽真は産まれとるじゃないか」増田が困惑したように言った。

ＩＶＦとは体外受精のことで、陽真はその体外受精で生まれている。増田の困惑はもっともだと細井は思った。

意外なところから声が上がった。隣に立つ栗秋だ。

「そうか……」今の増田と別喜の短いやりとりで、栗秋は全てを承知したらしい。

「体外受精ではない子を体外受精の子に見せかけるためか」

訳が分からず細井は戸惑ったが、別喜から視線を外すわけにいかない。警棒を握ったまま別喜の隙を窺う。細井の思いを代弁するかのように増田がいっそう困惑した声を出した。

「馬鹿な。タイミング法でも人工授精でもダメだったんだろ。それが……」

別喜の呼吸が荒くなり、今では肩で息をしている。別喜が息を吸うたびにハサミの先が真希の喉元の皮膚に食い込み、わずかではあるが血が滲んできていた。焦った細井だったが、突然、興奮した増田の声が響いて注意が削がれた。

「卵管形成術が効を奏しての自然妊娠だな！　術後半年後にＩＶＦに移行したが、その間に妊娠していたんだ。そうだなおい別喜」

「……そうだよ、あんたの可愛い姪は、ＩＶＦが決まったのに、採卵までしたのに、移植が待てずに旦那と乳繰り合って妊娠したんだ」

「それで胎児発育不全か。お前、陽真の出産日を体外受精日に合わせてずらそうとしたんだな」

胎児発育不全。今朝の打ち合わせで、増田が説明した専門用語の一つだ。文字どおり子宮内で胎児の発育が遅れる症状で、母胎からの栄養供給が不十分で生じる発育不全を不均衡型、あるいは栄養失調型という。理由は分からぬものの別喜は薬を使ってこの栄養失調型発育不全を人為的に発生させたのかもしれないと増田は言っていた。

「馬鹿なことを……まさかセンター長の椅子欲しさか」

増田が苦悶の表情で呻く。その呻きが別喜を刺激した。

「馬鹿だと。もううんざりだ、二度と俺にそんな口を叩くな。あんたはいつも俺を馬鹿にしてた。けどな、金持ち連中や政治家と遊び回ってるあんたやぼんくら息子に代わってこの俺が病院を切り盛りしてきたんだ。それなのに病院は息子に継がせてセンター長は外部から招くだと。馬鹿はあんただろうが。大事な姪っ子の胎児の発育不全にも気付かないような馬鹿は、あんただろうが！」

「違うぞ別喜、それは違う。お前の腕は知っている、馬鹿にしたことなどない。だからこそ真希たちをお前に任せたんだ。こんな無理をせんでも、お前にＩＶＦセンターを任せようと思ってたんだ」

ＩＶＦセンターというのは増田病院が計画しているという日本最大級の不妊治療施設のことだ。細井は、センターを巡る人事でＫ大医局を含めて産婦人科が騒がしいと山口が言っていたのを思い出す。

「嘘だね。あんた、ＩＶＦセンターの目玉に、子宮移植チームを作ろうとしてるんだろ。K大の医局に掛け合って、予算とセンター長の椅子を餌にして、K大から移植技術を持った人間を引っ張り臨床チームを作ろうとしてる。俺が知らないとでも思ったのか、馬鹿にしやがって」

子宮移植という言葉は初耳だったが、もしそんな技術が実現すれば究極の不妊治療方法となるだろうことは細井にも容易に想像できたし、その臨床チームを擁するとなれば全国、いや世界に誇ることのできる先端医療センターとなるだろう。

「それで焦ったあなたは、理事長の歓心を買うために真希さんの体外受精が成功したという実績が欲しかった。いや逆かな、自然妊娠に気付かずIVFに踏み切ったあなたは理事長の不興を買うことを恐れ、体外受精に失敗、というより体外受精を行わなかったという事実を隠したかった」栗秋が冷静に分析してみせる。

「馬鹿なことを……」先ほどと同じ言葉を力なく増田が口にした。

「馬鹿って言うなって言っただろ！」別喜がハサミを持つ右手に力を入れたのか、真希の喉元の血の滲みが大きくなる。

細井は伸ばした特殊警棒を握り直した。やるならば一撃で制圧しなければならないが、真希の身体が邪魔をして警棒を振り下ろせる場所は限られている。肩や腕、腰、脛といった急所を狙うことは難しい。隣の栗秋は、警棒を引き出しもしていないようだった。

「俺の人生、ここで終わりだな」

別喜が呟き、細井は思わず「待て早まるな」と口走った。

「うるさい！　俺の医師免許は剝奪される。どうやって生きていけばいいんだ」別喜が真希の耳元に口を近付ける。「真希さん、あんた可愛いよな。一緒に死のうか。あんたが死ねば、理事長も苦しむだろうし、一緒に逝こうか」

「落ち着いて」警棒を片手正眼に構えながら、上擦った声で細井は呼びかけた。

「死ぬことはありませんって。でも逃げられませんから、ここで捕まったほうがいいですって。ここはひとつどうですか、私たちに任せてみません？　ここで私たちに捕まったほうがのちのち絶対に得ですって」

支離滅裂ながらも説得を試みるが、別喜に鼻で笑われただけだった。

「分かっちゃいないな。俺の人生は終わったんだよ。得かどうかなんて関係ないね」

充血した目で別喜が増田を睨み付ける。

「あんたの言うとおりにやってれば大学に戻れると思い、同期が助教授になってもう大学に戻る場所がないと分かっても、あんたが最後まで面倒を見てくれるもんだと信じてた。ＩＶＦセンターの所長にしてくれると思ってたのに」

別喜の言葉に、増田は喉から血を吐くような呻き声を上げた。

「殺しなさいよ」

唐突に、人質に捕られてから一言も喋っていなかった真希が口を開いた。その口調は別喜への憎しみで染まっている。しまった、ここにも暴走する人間がいたと細井の焦りが頂点に達した。

「殺しなさい。私を殺して死刑になるといいわ。それがあなたにはお似合いよ。どこへも逃がすもんですか。そうよ、あなたはここでおしまい。殺すなら殺せ！」言い終わるや真希は一歩踏み出した。

真希の突然の行動に驚いた別喜が、思わずハサミを引いた。それでも真希の喉に赤い線が走る。隣の栗秋が動くのを細井は感じた。ハサミを引いたはずみで開いた別喜の懐に栗秋が飛び込み、真希と別喜の間に体で壁を作る。栗秋が左手の甲で別喜の右腕を跳ね上げた。別喜が体勢を崩す。栗秋の体が半転したと思ったら右の掌底が別喜の二重顎を打ち抜いていた。

「速い……」細井には栗秋の動きが霞んで見えた。

ぐにゃりと力が抜けた別喜の体が、膝、頭の順で床に倒れ込むのと、一歩踏み出した勢いのままつんのめった真希を増田が受け止めたのが同時だった。ハサミの刃先は真希の首の皮膚を引っ掻いただけのようだ。

「確保！」凶悪ともいえる顔で栗秋が叫んだ。

細井は慌てて腰の後ろに左手を回して手錠を取り出すと、栗秋がねじ上げる別喜の右手首に叩き付ける。輪の半円がくるりと回って手錠が嵌まった。「午前九時三一分、傷害罪の現行犯」栗秋が逮捕を宣言する。

宣言を終えた時には栗秋の顔に微笑が戻っていた。

28

「以上です」説明を終えた栗秋が、奥村と細井が控える列に下がる。執務机に両肘をつき捜査報告書を眺めながら説明を聞いていた武田署長が顔を上げた。

「分娩時に頭の血管が切れた。普通なら自然治癒する。だが別喜という医者が与えた薬のせいで母乳に栄養がなかった。だから自然治癒しない。出血が続いて硬膜下血腫の症状が顕われた。どこか間違っているところはあるか」武田は栗秋を見つめながら聞いた。

「いいえ、ありません」栗秋が答える。

武田が机の上に置いてあったペーパーナイフを取り上げて弄《もてあそ》び始めた。

「増田理事長が、可愛い姪と話していたら、変な薬を飲まされていたらしいとたまたま分かった。理事長は、どんな薬が処方されていたのかを確認するために姪を別喜に受診させ、別喜に薬を処方させた。処方の現場に増田理事長が踏み込んだら、別喜が逆上して姪にハサミを突き付けた。そこにたまたま居合わせたお前たち二人は、別喜を取り押さえて傷害罪の現行犯で逮捕した。どこか間違っているところはあるか」

武田がペーパーナイフの腹を触りながら聞いた。

「いいえ、ありません」

「お前たちがたまたま増田病院にいたのは、姪から任意提出を受けていたカルテを返しに行ったからだ。増田病院に姪がいることは、理事長の奥さんに聞いて知った。どこか間違っているところはあるか」

武田がペーパーナイフの先端を見つめながら聞いた。

「いいえ、ありません」

「今、私が何を考えているか分かるか」

「いいえ、分かりません」

「このナイフが本物だったらな、お前のにやにやした顔に刺してやるのにということだ。おかしいか」

「いいえ、おかしくありません」

武田がペーパーナイフを机の上に投げ出した。カラン、と間の抜けた音が署長室に響く。その音が合図となったかのように、突然砕けた口調で武田が喋り始めた。

「さっき理事長がここに来てな、別喜が姪におかしな薬を手渡しよう映像と、その子にハサミを突き付けとう映像を置いてった。お前らの説明と映像に矛盾はない。理事長は、自分の病院から犯罪者を出したんは痛恨やと言いよんしゃったが、姪っ子にとんでもないことをした犯人が捕まってありがたいとも言いよった。お前ら二人にえらく感謝しとって、知り合いの県議にもうちの署のことを褒めとくってことだ」

知り合いの県議というのは警察委員会委員長をしている県議だろうと細井は見当を付けた。奥村が大きな安堵のため息をつき、それを見た武田はふんと鼻を鳴らす。

「下がってよし。検察官に報告してさっさと堀尾を釈放せい。分かっとろうが、謝罪なんかする必要はないぞ。逮捕手続に問題はなかった。国賠とか考えんよう念を押しとけ」

三人は一礼して署長室を出ると、いつもの小部屋へと移動した。

「肝が冷えた」力が抜けたように座り込んだ奥村は心底安堵した様子だった。

「署長、どことなく上機嫌でしたね。どやされると思ってたからちょっとビックリ」

おどけて細井が言う。

「増田理事長は県の公安委員会にも入ろうかという実力者やけんな、感謝されて悪い気はせんやろう。だが細井、川ばっちゃんはえらい怒っとったぞ、事件ば潰された言うてな。特捜から帰ってきたら大変やぞ」

「そんときはそんときです。やるべきことをやっただけですから」細井は肩を竦め、強がりではなく言った。

奥村が、そんな細井の顔を覗き込んで「お前、顔が変わったな。刑事のごたる顔しとる」と笑う。「僕は歴とした刑事です」細井は憮然とした。

「褒めとっちゃけんよかろう。ともかく事件はうちを離れて本部一課の特殊犯係が引き取った。薬を使った難しか傷害やけん、陽真に対する傷害が成立するかどうか慎重に検討するって言いよった。一課の特殊犯もここ一、二年でだいぶ人が変わってベテランがおらんくなったけん、これから大変やろ」

細井は、聞きそびれていたことを栗秋に尋ねた。

「別喜が真希さんに薬を盛っていたことに、どうやって気付いたんです」

「哺乳瓶の絵と、昔の上司の言葉です」

「哺乳瓶の絵ですか」

「駅なんかの公共施設では、壁や柱に、トイレやエスカレーターを表わす絵の記号が描かれていますよね」

「絵の記号？　ああピクトグラムのことですか。防災関係でも洪水や土石流の危険を示すのに使われるやつ」

「そう、ピクトグラム。新幹線の駅で、授乳室のピクトグラムに哺乳瓶の絵が使われていました。その絵を見たとき、昔の上司に言われた『結果だけではなく過程も見ろ』という言葉を思い出したのです」

細井は栗秋の話の行き先が見えず、首を傾げた。

「前提として、胎児の時に栄養不足だった乳児が硬膜下血腫を発症した海外の事例を寺岡教授から教えてもらっていました。だから、陽真くんも胎児の時の栄養不足が原因で分娩時に出血が始まり、血腫を生じたのではないかと考えたのです」

「その話は井之本先生の研究室でも出ましたよね。でも、井之本先生はその可能性はないと言ってました。自然治癒するから、生後二ヶ月も経って硬膜下血腫になるとは考えられないと。私はすっかりそれを信じ込んでいました」

「井之本先生が間違っていたわけじゃなく、彼女は正しかったんです。私はこう考えたんですよ。ならば、自然治癒しない状況とはどのようなものだろうと。そうしたところ答えは明確でした。胎児の時のまま栄養不足が続いていた」

細井はようやく合点がいった。

「それで哺乳瓶と『過程を見ろ』ですか」

「そう。駅で哺乳瓶の絵を見た時、生後二ヶ月の陽真くんはまだ食事ができずミルクしか飲めないことに気付きました。そして増田理事長から事情を聞かれた際、堀尾が『母乳育児に拘る真希の、授乳間隔三時間の合間』と述べたことが川畑部長の報告書に載っています。つまり陽真くんは真希さんの母乳からしか栄養を得ていなかった。そして陽真くんに基礎疾患はない。そうすると、陽真くんが栄養不足だったということは、真希さんが母乳を通じて陽真くんに栄養を与えられないほど極度の栄養不足だったということです」

「『過程を見ろ』ですね」

「ええ。ここで二つの疑問が生じます。一つは、真希さんが出産後も栄養不足だったのはなぜか。もう一つは、なぜ出産後の通院で真希さんは栄養不足と診断されなかったのか。この二つの疑問は、一人の医師が犯人であることを指し示しています」

「真希さんの主治医、別喜」

「そうです。井之本先生は、妊娠中のみならず出産後も真希さんに栄養補給剤が処方された記録があると言っていました。定期的に主治医の診察を受け、長期間に渡って栄養補給剤が処方されていながら極度の栄養不足に陥っていた。答えは一つ、主治医が犯人です」

細井が奥村を見ると、栗秋の実力を思い知ったらしく口を開けて呆けている。どうだ参ったかとなぜか細井が誇らしい気分になった。

栗秋が立ち上がる。

「栗秋さん、どこに行くんです」

「留置です。署長に言われた仕事をやってしまいます」

「堀尾ですね。お供します」

まだ口を開けている奥村を置いて、二人は留置管理課へと向かった。

29

《なんだこの報告は！》受話器から田部の喚き声が響く。

《ＳＢＳでの逮捕が誤りだっただと》

「ええ。危うく冤罪を作るところでしたよ」

《たったいま長官から呼び出しを食らったんだぞ、生安局長同席のもと話がしたいとな。俺は吊し上げられる、貴様のせいだ！》

喚き続ける田部に辟易して大石が受話器から耳を離すと、永芳本部長が笑いながらスピーカーフォンに繋ぐようにという仕草をした。本部長席の電話機を操作する。

「本部長の永芳だ。生安局長には、私からじっくりと事案の説明をさせていただいた。局長には、Ｆ県警としてとんだ失態を犯すところだった、通知を出すにあたっては厳重に審査されたいといささか厳しいことも申し上げた。局長は実に注意深く聞いておられたよ。三日前の通知を撤回も含めて検討されるとのことだ。通知に関わった二、三人の人間には責任を取ってもらうことになるだろうとも」

《……》田部の歯ぎしりの音が大石には聞こえるようであった。

「厚労省には厚労省の行政庁としての立場があるように、ウチにはウチの捜査機関としての立場がある。我々に求められる捜査は、合理的な疑いを超える高度の証明を行なうためのもので行政の調査とは質が異なる。大学校で習うイロハのイだ。違うかね、田部くん」

《……またお目にかかりますよ、永芳本部長どの。私は、こんなことで終わらない》

叩き付けられるように電話が切れる。永芳が大石を見て薄く笑った。

「幸運をお祈りしてますよ、先輩」永芳に笑みを返しながら大石は呟いた。

30

「今日は供述拒否権の告知は行ないません」

雄次は驚いて顔を上げた。毎回の告知は法律上の義務ではなかったか。

「なぜなら、あなたはすでに被疑者ではないからです。検察官から釈放指揮書が届き次第、あなたは釈放されます」

「本当ですか」雄次は耳を疑った。言い間違い、あるいは聞き違いではないかと取調官を凝視する。取調官が頷くのを見て、ようやく喜びが雄次に込み上げた。釈放の一言を取調官が取り消すのではないかと怖くなり、ありがとうございます」と何度も頭を下げる。ふたたび鷹揚に取調官が頷いた。

「でも、どうして」喜びが爆発した後に湧いたのは疑問だった。

「細かなことは申し上げられませんが、捜査の結果、陽真くんの血腫はあなたの暴行以外で生じた可能性が高いことが分かりました」

「私は暴行なんかしていない！」黙秘権のことも忘れて雄次は叫んだ。自分が無実だということが分かっての釈放ではないのか。

「そこが困ったところでしてね。血腫ができたのはおそらく別の原因だろうと分かりましたが、かといってあなたが暴力を振るっていないという証拠もないんですよ」

「違う、私は暴力なんて振るっていない」

「でも、あなたは奥さんに暴力を振るったことがある。お子さんに振るっていないとどうして言えます」

「妻を叩いたのは一度だけだ。それもすぐに謝罪しました。それなのに私を暴力魔みたいに言うんですか」なんだ、これは。やはり取調べが続いているんじゃないのか。黙秘を止めさせるための作戦だったのか。怒りで頭に血が上るのを雄次は感じた。

「堀尾さん、あなたは陽真くんをどう思ってるんです。望まない不妊治療のあげくにできた望まない子ですか」

「違う！」堪らず雄次は叫んだ。「俺の子だぞ。可愛いくないわけがないだろう」

「自分の子に虐待を加える親もたくさんいる」

「そんな奴らのことは知らん。少なくとも俺は陽真に暴力を振るったことはない」

「うるさいと思ったことはありませんか。こいつさえいなければ自由だと思ったことは。こいつのために苦労させられてるんだと欠片《かけら》ほども思ったことはないと言い切れますか」

　雄次は言葉に詰まった。夜中だろうが三時間ごとに泣く陽真に耐えられぬ思いを感じたことはある。陽真を抱いて果たしてこの子を育てていけるのかと不安になったこともある。それでも。

「それでも、俺の子なんだ。暴力を振るったことはない」

　自然と涙が溢れた。

「よく分かりました」取調官は入口脇に座る刑事を振り返り、二人は頷き合う。取調官が雄次に向き直って言った。

「そんなこと思ったこともない、と言えばさらに疑うところでした。人というのは考えてはいけないことを考えてしまうことがありますよね。あなたの言葉を信じます。これで安心してあなたを帰すことができる」

　ちょうどその時、ドアがノックされて雄次の見知った留置係の警官が顔を覗かせた。留置係は入口脇の刑事に一枚の紙を手渡し、さらに刑事がその紙を取調官に渡す。紙を一瞥した取調官が雄次に告げる。

「検察官から釈放指揮書が届きました。帰ってよし」

入室してきた留置係に促され、雄次は立ち上がった。手首に手錠はなく、腰縄も引かれていない。これから外に出られるという喜びで足が震える。

突然、目の前の取調官が立ち上がり、驚きで雄次は腰を抜かしそうになった。同時にやはり帰っていいというのは嘘か、という絶望的な思いがよぎる。

だが、取調官は深々と頭を下げた。

「分からぬこととはいえ六日間にわたって貴殿を拘束してしまい、申し訳ありませんでした。どうか、陽真くんと真希さんを大切にしてあげてください」

31

大石から栗秋に電話があったのは、堀尾を釈放して一週間が過ぎたころだった。
《よくやった》
その一言で堀尾の件だと分かり、ＳＢＳ理論に関する通知について何らかの結論が出たのだろうと栗秋は思った。
《一課と検察は、陽真の血腫については訴追を諦めたそうだ。栄養欠乏という副作用のみならず、その副作用により血腫の治癒が阻害されるという認識が別喜にあったとの立証が困難という判断らしい。傷害ではなく業務上過失ならできんこともなかろうと俺は思うが、今の特殊犯係には荷が重いようだ。ここ一、二年でいろいろ人事異動があったからな、仕方なかろう。今後は真希の栄養欠乏に絞って捜査を行なうとのことだ。かくも乳幼児の頭部傷害事件の立件は難しい》

栗秋も、陽真に対する傷害での別喜の立件は難しかろうと感じていただけに、想定内の結果で意外と思わなかった。

《本庁生活安全局は、SBS理論の積極運用から個別具体的な鑑別診断の重視に舵を切ることにしたそうだ。科警研からも強力な進言があったらしい。近いうちに軌道修正の通知が出される。お前さんが事件を潰してくれたおかげだ》

「潰れるべくして潰れただけで、私が潰したわけではありません」

栗秋は、家に帰ろうと署の最寄りのバス停まで歩いているところだった。同じように帰路を急ぐ勤め人の姿がちらほらとある。

大石が電話の向こうでふふと笑い、《ところで、俺は週に二回ほど夕方に御堀《おほり》公園をランニングしている。明日も六時半ごろから走るつもりだが、お前も一緒にどうだ》と誘ってきた。

御堀公園は、外周二キロの池を中心とした総面積約四十ヘクタールを誇る公園で、園内に能楽堂や二つの児童公園を擁するほか、池の外周をゴムチップ舗装のジョギング路が取り囲み、市街中心地に近いこともあって朝夕に多くのランナーで賑わう。《鯨公園前のベンチで》鯨公園は御堀公園の北側に位置する児童公園だ。大石は一方的に告げると、栗秋が返事をする前に電話を切った。

翌日、栗秋はほとんど仕事が手に付かなかった。大石が体力作りのために自分を公園に誘ったわけはなく、庁舎内では憚られる情報を自分に教えるつもりであることは分かっていた。父の貴正が協力していたという監察に関することだとは想像がついたものの、具体的内容となるとなかなか見当がつかない。堀尾の事件が片付いた後、栗秋も当時の警察不祥事についてインターネットや新聞で調べてみたものの、そのころ監察が発表した懲戒事例はお決まりのパワハラや不倫といったものばかりで、およそ貴正に結び付きそうなものはなかった。

昨夕は、いまだ実家に居座り続けている貴子や機嫌よく孫の相手をする母の姿を見るにつけて、貴正の死の真相に近付く不安と興奮が交互に押し寄せ、大石から明かされる内容をどのように取り扱うべきか思い悩んだ。二人には正直に話すべきだろうと思ったが、貴正自身が不祥事に関与していた場合など内容によっては二人に話さないほうがよいかもしれず、だがどんな内容であっても果たして自分ひとりの胸にしまっておくことができるのかと自問しながら一夜を明かした。

定時退庁時刻になると栗秋は早々と仕事を切り上げ、バス、電車、地下鉄と乗り継いで御堀公園に向かった。ちょうど六時半に園内に入り、鯨公園はあそこだなとそちらを見たときにはもう大石の姿を見つけていた。

辺りはまだ初夏の日射しが残り、その中を老若男女のランナーが思い思いのペースでジョギング路を駆け抜けていた。ジョギング路の内側には池の畔を巡るレンガ舗装の散策路があり、散策路のところどころに池に面して様々な形のベンチが置かれている。散策路にはベビーカーを押す若い夫婦や犬を連れた親子といった家族連れの姿が目立ち、ベンチには会社帰りに夕涼《ゆうすず》むサラリーマンの姿が多い。

大石の姿は、そんなベンチに腰掛けた人々の中にあった。三人掛けベンチを一人で占有し、スーツのジャケットを脱いでワイシャツの裾を捲り上げ、寛《くつろ》いだ様子でぼんやりと水面を見ているようだった。だが近付いた栗秋に驚くでもなくごく自然に顔を向けてきたところからすると油断なく周囲に気を配っていたに違いなく、自分も園内に入ったときから目の端で補足されていたのだろうと栗秋は思った。大石は顎を使って隣に座るよう栗秋に促した。

ベンチに鞄類はなく、大石は手ぶらのように見えた。ランニングをしようと言っていた大石がスーツ姿であることは意外でも何でもなく、もとよりこちらも走るつもりで来たわけではない。栗秋が隣に座ると、大石はワイシャツの胸ポケットから折り畳んだ書類を取り出し、無言で栗秋に渡した。周りを確認し、自分たちに注目している人間がいないことを確かめてから栗秋は書類を開く。二枚の原稿を一枚にまとめるツー・イン・ワン形式で印刷されたA４用紙四枚からなるその書類は、栗秋の見慣れたF県警様式第九号の供述調書、いわゆる参考人調書を縮小コピーしたものだった。一枚目の頭書《あたまがき》を確認すると供述者は栗秋貴正、供述日は三年前の八月一日。監察の人間が自宅に貴正を訪ねてきた日に作成された調書だった。

栗秋は書類から顔を上げて大石を見たが、大石は朱色に染まる空に目をやっていて栗秋を見ようともしない。栗秋はふたたび調書に目を落とした。

「１　本官は昭和三十五年にF県警巡査を拝命し、現在は警部補で玖目警察署生活安全課課長補佐を務めています。今日は、鈴木警部補が現金を受け取るところを目撃した状況をお話しします。

２　本官は、今年の六月から、玖目市において、無許可で堕胎を行なう女を内偵していました。捜査の端緒は協力者からの情報提供です。玖目市では未だに旅館の一室に女を置いて客を取らせる置屋形式の売春旅館が複数営業していることが確認されており、内偵対象の女はそんな売春旅館で働く女たちの堕胎を行なっていました。それだけならよくある堕胎屋の摘発ですので直ちに逮捕することも難しくありませんが、この女は堕胎の麻酔にモルヒネを使うという話で、堕胎した女たちをモルヒネ中毒にするのを足掛かりにその周辺者にモルヒネを売り、ヘロインを売り、最後は覚醒剤の売人を紹介するという薬物の売人兼仲介人でもありました。

　そこで本官は課長と相談し、二ヶ月という期限を区切って内偵を行ない、二ヶ月の間にモルヒネの仕入れルートを特定できればよし、特定できなければひとまず女を検挙して無許可堕胎の被害拡大を防止するという方針を立てました。

　3　モルヒネはアヘンを原料としたオピオイド系化合物で、ヤミで捌くために精製するのは費用効果が悪い一方、市井には鎮痛剤として流通している薬物ですから、女に流れているブツもどこかの医療機関が横流ししている医療用モルヒネだと推測されました。いうまでもなくモルヒネは麻薬及び向精神薬取締法で厳重管理が義務付けられていますから、大規模病院では二重三重の管理体制が取られており継続的に持ち出すことは困難です。

ですから本官は、玖目市及び近郊の個人経営でペインクリニックを行なっている病院やクリニックをリスト化し、一つひとつ女との繋がりを確認していきました。結果、ある病院の職員がかつて女の情夫であったことが分かり、しかもその病院の院長が玖目市の売春旅館にたびたび出入りしていることが確認できました。それがこの七月の終わりのことであり、内偵の詳細については随時報告書を作成して課長に提出しています。

4　流出元と思われる病院を特定できたことから、本官は課長に上申し、個人捜査から組織捜査に切り替える許可を得ました。女、院長、職員の行動確認を行なうとともに、病院の監視を行なって薬物の横流し現場を差し押さえるため、専従の捜査班を組織することにしたのです。この許可を得たのが三日前のことであり、来週の初めに捜査班が編成されることになっています。

5　本官が鈴木《すずき》補を見かけたのは、二日前の午後六時十二分でした。その時、本官は病院の定点監視拠点として選定したアパートの二階空き部屋にいました。病院の斜《はす》向《む》かいにある単身者向けアパートで、正方体の二階建て病院建物の東面にある正面玄関に加え、建物北面にある関係者用通用口も監視できる申し分のない監視拠点です。

本官がカーテンの隙間から病院を確認し、必要となる三脚の大きさやカメラの性能、台数を検討していた時でした。

鈴木補が通用口から姿を現したのです。

鈴木補とは、警部補昇任時の管区警察学校での研修で一緒でしたので、顔を見間違えることはありません。鈴木補の姿を確認した本官は、すぐに腕時計で時刻を確認しました。
６　鈴木補の後ろから、続いて院長が姿を現しました。通用口に立ったまま二人は会話していましたが、当然話は聞こえません。しかしその様子から二人が親しい関係にあることは明らかで、和やかに談笑しているようでした。
そして、院長が上着の内ポケットから銀行のＡＴＭなどに置かれている現金用封筒を取り出し、鈴木補に渡したのです。

現金用封筒はＦ銀行のもので、ある程度厚みがあることが遠くからでも見てとれ、十万円や二十万円ではない厚さに膨らんでいました。

院長が懐から現金を取り出したのは右手、鈴木補が受け取ったのも右手でした。
７　鈴木補は封筒を受け取ると素早く中を検《あらた》め、中身に納得した様子で何度も頷き、左脇に抱えていた黒色セカンドバッグに入れました。
そして気安げに院長の肩を二回叩くと院長から離れ、病院の敷地を出ました。院長が腰を折って鈴木補を見送っていたのが印象的で、よく覚えています。
8 以上が、本官が鈴木補の現金収受を目撃した状況です。
鈴木補が刑事部捜査第一課特殊犯係で特殊業務上過失致死傷事件、つまり医療過誤の刑事事件を長く担当していることは本官も知っています。本部では有名ですし、警部補研修で本人から実際に話を聞いたことがあります。

ですから、鈴木補が院長から現金を受け取るのを目撃したとき、すぐに特殊業過事件に絡んだ収賄ではないかと私は考えました。
9 上司である課長に報告すればかえって課長に迷惑がかかると思い、課長に相談することなく本官の独断で監察官室に報告した次第です」
栗秋が読み終わるのを待っていたかのように大石が話し始めた。

「貴正警部補の携帯電話には、警部補が亡くなった日の朝、鈴木の携帯からの着信記録があった。また、当日、自殺現場に通じる国道のNシステムに鈴木所有車両の通過記録が残っていた」

「この鈴木という男はどうなったんです」

「死んだよ。貴正警部補が亡くなってすぐに自分の官舎で首を吊った。監察官室が引っ張る直前にな」

「収賄は」

「事実だった。鈴木は、そこにある病院だけではなく、医療過誤を訴える内部告発や被害届を握り潰す代わりにほうぼうの病院から現金を受け取っていた。それだけじゃなく、刑事部ＯＢを病院の顧問にするよう圧力をかけて実際に何人も就職させていた。刑事部全体に及ぶ不祥事だった」

「父は……殺されたんですね」

　大石は答えず、代わりに手のひらを上に向けて右手を差し出した。その手に栗秋が調書を乗せる。大石は書類を畳むとワイシャツの胸ポケットに仕舞った。

　母の史子に、妹の貴子に父の供述調書を見せてやれないのが何とも残念だった。だが父が自殺したのではないことを知るだけでもどれだけ救われるかしれない。胸が熱くなり、目に涙が浮かびそうになるのを栗秋は必死に堪える。驚いた。こんなにも熱い塊がまだ自分に残っている。熱塊は父への尊敬であり、母への思慕であり、妹への愛惜であり、塊をしかと抱え込んだ栗秋は、自己憐憫に耽って境遇を嘆くばかりであった己に気付いて深く恥じた。

湖面に目を遣っていた大石が、やがて栗秋が落ち着いたのを見計らったかのように栗秋を促して立ち上がり、二人は並んで散策路を歩き始めた。

「監察官室は大ポカをやった。この調書を作成した後、玖目署生安課長に命じて捜査班の編成を中止させたんだ。監察官室が病院を張り込むには玖目署の捜査班は邪魔だと思ったのだろうが、とんだ失策だ」大石が憤懣やるかたないといった様子で吐き捨てた。

突然の内偵中止は、捜査班に加わる予定だった捜査員を中心に様々な憶測を呼び、風聞となって県警内部に広まった。

「そうやって鈴木本人にも伝わったんだろう。賄賂を受け取った直後に病院の内偵が中止になったんだから、どんな馬鹿でも理由が自分にあると気付く。収賄の現場を押さえられたと勘付いた鈴木は、内偵を行なっていた人間が誰なのか探った。捜査班編成の直前だから捜査資料は署内である程度オープンになっている。貴正警部補が担当していたことはすぐに分かったはずだ」

夕刻の涼しい時間帯、池の外周を散策する人々に混じって歩きながら大石は話を続ける。

「鈴木のシンパは刑事部のあちらこちらにいた。鈴木は金回りがよいだけではなく、再就職の世話までしていたからな。シンパの人間をできるだけ自然な形で退職に追いやり、あるいは片田舎に送り込むのがF県警警務部長に就任するにあたって俺が官房長に命じられた仕事だった。警視長ポストに警視正の私が就いたのはそういう事情があったわけだ。刑事部と揉めた場合、いざとなればチョウよりセイのほうが詰め腹を切らせやすいと官房長は踏んだんだろう。俺としても他のセイより上のポストに就けるのだから文句はない」

「永久出向制度に私を誘ったのもそのためですか」

残照に輝く湖面を大石は眩しそうに見つめた。

「まさか。お前を思ってのことさ」

形だけの言葉であることは、大石の顔を見るまでもない。証拠に大石自身がふっと笑い、それから真顔に戻って続けた。

「警務部も鈴木シンパをすべて把握していたわけじゃない。そこで貴正警部補の息子のお前がF県警に入れば、連中はお前を警戒すると考えた。警部補の葬式でお前がもの凄い目付きをしていたことは有名らしいからな。管区通信局の協力を得て警電や支給電話をスクリーニングしたり、県警内にいる監察官のエスを活用したりして、お前が入庁してから不審な言動を見せた職員をリストアップした。県警のみならず管区の監察官も動員してそいつらを一人ひとり片っ端から調査し、鈴木シンパを絞り込んでいったんだ。ほぼ全員の処理が終わったと考えている」

「私は猫を誘《おび》き寄せるネズミだったわけだ」

「ところがそのネズミが実は獰猛な虎ときている。お前のメンタリティは一課時代から変わっていない。刑事の、狩猟者のそれだ。永久出向制度でお前を県警に入れたのは、里帰りしたお前が目の届かないところで暴れ出すのを防ぐためでもあったんだぞ」

「買い被りすぎです。私はこの二年間、介護に明け暮れていた」

「ボクシングの真似事をして牙を研ぎながらな。俺が知らないとでも思ったか」

自分も警務部の監視対象になっていたのだ。私生活における日々の介護や児戯にも似たトレーニングを見られていたという気恥ずかしさと憤りで、思わず「一発殴らせて下さい」と栗秋は口走った。

「それは困る」大石は口元を緩めて胸ポケットを軽く叩き、「代わりの褒美がこの調書だ」と冗談めかして言う。だが大石はすぐに厳粛な面持ちになり、栗秋に向き直って姿勢を正した。

「貴正警部補は職務のために命を落とされた。そのことを明らかにできず、貴職をはじめ御遺族の方々に塗炭の苦しみを与えてしまった。F県警警務部長として心からお詫び申し上げる」大石は頭を下げた。

栗秋の胸にふたたび熱いものが広がる。

だが栗秋は頭を下げ続ける大石から顔を背けた。身なりのいい大人が頭を下げ続ける光景に、行き過ぐ人間が訝しげな視線を寄越してくる。

「よしてください。頭を下げるくらいなら、すべてを公にして下さい」

大石が頭を上げ、打って変わって傲然と言い放つ。

「それはできん。今のが俺にできる精一杯だ」

これだから官僚というやつはと栗秋は苦笑した。栗秋にも公表が無理なことぐらい分かっている。県警が今さら警官が警官を殺したと認めることはありえない。一方で、鈴木は死に、鈴木シンパは大石が追放した。これ以上すべきことを栗秋は思いつかなかった。

「俺はこの秋の異動で本庁に戻る。それまで俺にできることはしてやろう。本部一課に異動したいか」

栗秋は首を横に振る。

「母と一緒の時間を減らしたくありません。出涸し署のままで結構です」

少し考えてから栗秋は付け加えた。

「細井巡査長を刑事課に異動させてください。今度の事件で生安課の先輩の恨みを買ったようですし、何より彼はいい一課刑事になる」

大石は頷いた。人手不足を嘆いていた奥村課長が反対するだろうなと栗秋はちらりと思ったが、我慢してもらうほかない。

「彼に関してはこっちにも頼みたいことがある」

暮れなずむ陽の中で、言いづらそうに大石が顔を顰めた。

「彼にうちの妹を誘うように言っておいてくれ」

怪訝に思った気持ちが顔に出たのか、大石が「二人がデートしている途中で巡査長をインターセプトしてしまってな。巡査長は、妹が俺と一緒になってひと芝居打ったのではと疑ってるらしい。おかげで俺は妹に口を利いてもらえず、このままでは一言も喋ってもらえないうちにF県を離任することになりかねない」と弁解する。

栗秋は破顔した。

本書は書き下ろしです。
この物語はフィクションです。作中に同一の名称があった場合でも、
実在する人物・団体等とは一切関係ありません。

《参考文献》

『子ども虐待への挑戦』子どもの虐待防止センター監修　誠信書房

季刊刑事弁護九十四号「特集　乳幼児揺さぶられ症候群（ＳＢＳ）事件を争う弁護活動」現代人文社

『ニュースタンダード脳神経外科学第３版』生塩之敬ほか編集　三輪書店

『標準法医学・医事法第６版』石津日出雄ほか編集　医学書院

『山王病院不妊診療メソッド』堤治監修　金原出版

『２０１７年スウェーデン調査報告書　誤判の悲劇を繰り返さないために』日本弁護士連合会刑事弁護センター・取調べの可視化本部編集

"PROBLEMS OF INFANT RETINO-DURALHEMORRHAGE WITH MINIMAL EXTERNAL INJURY" A. N. Guthkelch

宝島社
文庫

血腫　「出向」刑事・栗秋正史
（けっしゅ　「しゅっこう」けいじ・くりあきまさし）

2019年2月20日　第1刷発行
2023年8月17日　第2刷発行

著　者　田村和大
発行人　蓮見清一
発行所　株式会社 宝島社
〒102-8388　東京都千代田区一番町25番地
電話：営業 03(3234)4621／編集 03(3239)0599
https://tkj.jp
印刷・製本　中央精版印刷株式会社

ISBN 978-4-8002-9261-2

『このミステリーがすごい!』大賞 シリーズ

宝島社文庫

筋読み

《第16回 優秀賞》

田村《たむら》和大《かずひろ》

女性モデル殺害事件で山下という男が出頭。ＤＮＡ型が現場で採取されたものと一致し、犯人に間違いないと目された。しかし同じ頃、少年が連れ去られる事件が発生。のちに無事保護されたが、少年から山下と全く同じＤＮＡ型が検出され――。「筋読み」の天才刑事が、二つの事件の接点から謎を解く！

定価 715円（税込）